MAX BRONSKI (Franz-Maria Sonner), geboren 1953 in Tutzing, ist Autor zahlreicher Kriminalromane. Seine Reihe um den Münchner Antiquitätenhändler Gossec (zuletzt erschien 2018 *Schneekönig*) ist legendär. Für *Oskar* erhielt er 2019 den Glauser-Preis für den besten Kriminalroman des Jahres; zuletzt erschien *Jaguar* (2020). Max Bronski lebt in München.

(...) daß damit die Zukunft des Abendlandes nicht ein uferloses Hinauf und Vorwärts in der Richtung unserer augenblicklichen Ideale und mit phantastischen Zeiträumen ist (...)
Wer diese Höhe der Betrachtung erreicht hat, dem fallen alle Früchte von selbst zu.

Oswald Spengler, *Der Untergang des Abendlandes*

Wem Freiheit, Menschlichkeit und Gerechtigkeit nichts als ein Schwindel sind, den sich die Schwachen zum Schutz vor den Starken ausgedacht haben (...), der vermag es recht wohl, als Anwalt der Starken auf den Widerspruch zu deuten, der zwischen jenen vorweg schon verkümmerten Ideen und der Realität gilt.

Theodor W. Adorno, *Spengler nach dem Untergang*

1

Halder ließ die Verschlüsse seines Businesskoffers aufschnappen, der auf den Oberschenkeln ruhte. Glöckler, sein Chauffeur, sah prüfend in den Rückspiegel. Einen Moment lang begegneten sich ihre Blicke, dann kümmerte sich jeder wieder um das Seine. Halder wartete noch einen Moment, dann klappte er den Deckel hoch und musterte sich in dem Spiegel, den er dort an der Innenseite an einer der Laschen befestigt hatte.

Das kleinformatig gerahmte Gesicht wirkte darin makellos. Glattrasiert und gut gecremt lag ein Schimmer auf seiner Haut. Er wendete den Kopf leicht zur Seite und blies probehalber die linke Backe auf.

Fast makellos!

Ein kritischer Blick hätte die verbliebene leichte Schwellung auf der linken Seite bemerkt. Ursache war eine entzündete Zahnwurzel, ein Übel, das der Arzt rasch hatte beheben können. Trotzdem war Halder seiner sorgfältig geplanten Agenda eine Woche hinterher. Die Entzündung hatte ihn nicht arbeitsunfähig gemacht, aber aus dem Verkehr gezogen. Die Gesichtserkennungs-Routine seines Smartphones lehnte ihn rundweg als Zugangsberechtigten ab. Erst über den Passwortmanager auf seinem Rechner verschaffte er sich die notwendige PIN.

Spätestens da war ihm klar, dass er nicht unter Leute gehen durfte. Die Schmerzmittel wirkten zwar, Denken und

Reden waren nicht beeinträchtigt, aber in den Augen der anderen war er behindert. Und darauf kam es an. Der Durchgriff auf seine Leute und Verhandlungspartner gelang ihm nur, wenn er sich äußerlich makellos präsentierte. Die Zuversicht, parkettsicher zu sein, kam zwar von innen, aber ihre Schwingungen mussten sich mit einem gelungenen Äußeren verbinden, sonst schwächte das eine das andere.

Welliges, glatt nach hinten gestrichenes Haar, ein durchaus fein ziselierter, lang gezogener Schädel, dazu die Nickelbrille – der Idealtypus eines preußischen Beamten, intellektuell veredelt. Die Schwellung wirkte seiner natürlichen Autorität entgegen und machte ihn zur Karikatur. So beschränkte er sich eine Woche lang darauf, sein Amt telefonisch zu dirigieren. Die bloße Stimme rief das Bild hervor, das man von ihm gewohnt war: Sorgfältig geschnittene dunkle Anzüge, anthrazit, schwarz oder nachtblau, schwarze Schuhe, gut gebügeltes weißes Hemd, Krawattenfarbe nach Tagesform von dezent bis kühn. Ein hamsterähnlicher Gesichtsbeutel gehörte nicht dazu, eigentlich auch nicht die Farbe seines Businesskoffers, Cognac statt Schwarz, aber er strich so gerne über das naturbelassene, italienische Rindsleder und liebte den herben Geruch der tanningegerbten Haut.

Die Mitglieder der Soko Nordring reagierten besorgt auf seine Absage und Bitte um Terminverschiebung, er versicherte ihnen jedoch schon im Vorfeld, dass seine Überlegungen den Gang ihrer Ermittlungen nicht verändern würden, sie seien gewiss auf dem richtigen Weg. Mehr oder weniger; das allerdings fügte er nur in Gedanken hinzu. Der Ton blieb freundlich, man wünschte ihm gute Genesung und verabredete sich für eine Woche später.

Schließlich war da noch das Treffen mit Lena, der er in keinem Fall verunstaltet gegenübertreten wollte. Er hatte es parallel dazu arrangiert, seine Reise von Köln nach München hätte sich allein ihretwegen schwerlich begründen lassen. Natürlich galt auch für ihn: Wer observieren ließ, musste selbst auch damit rechnen, Gegenstand der Aufmerksamkeit anderer zu sein.

Halder musterte sich ein zweites Mal im Spiegel, und eine Verwandlung fand statt. Sein Jugendbild trat ihm entgegen, Halder, mit ungebärdigem Schopf, Fliegerjacke, Karottenjeans und Turnschuhen.

Der Goldglanz der Erinnerung überstrahlte alles.

Diese Ausstattung gab es wohl, aber Halder war nie der tolle Hecht, der er gerne gewesen wäre; er lernte gut, bereitete seinen Eltern keine Probleme und fiel allenfalls nach zu viel Bier aus der Rolle. Bei Partys. Manchmal erwachte ein Teufel in ihm, der ihm weismachte, dass er heute Abend alle aus dem Feld schlagen würde. Die Aufschneider niederringen und das schönste Mädchen abschleppen. Aber dann geriet er doch ins Hintertreffen, hockte sich enttäuscht in eine Ecke und trank mehr, als er vertragen konnte.

Schließlich, fast vierzig Jahre später, schlüpfte, offenbar augenzwinkernd geduldet von Admin und Sekretariat, eine E-Mail durch die Sicherungssysteme seines Amts in seinen Posteingang.

Lena!?

Halder war nicht bewusst, dass sie je für ihn geschwärmt hätte, er musste aber einräumen, dass ihm damals ein solcher Fehler in seiner chronischen Unfähigkeit, die Zeichen der Frauen zu deuten, jederzeit unterlaufen konnte. Blind, taub und empfindungslos, noch dazu mit vom Alkohol verödeten Sensorien. Statt auf den Weg zu achten, starrte er aufs Ziel, nicht in die Augen, sondern auf den Busen, nicht auf die Hände, sondern auf den Arsch.

Als Behördenleiter hatte Halder stets jeden öffentlichen Auftritt vermieden, zumal den im Fernsehen. Bekanntheit war für einen Verfassungsschützer nicht unbedingt von

Vorteil. Aber in diesem Fall war der Innenminister mit ungeschickten Bemerkungen zur Rückführung von Flüchtlingen selbst in die Bredouille geraten, hatte sich der Kritik, ja sogar dem Spott der Journalisten auszusetzen gehabt, daher konnte sich Halder seiner Bitte nicht entziehen, das Statement zur durch unkontrollierte Einwanderung gefährdeten inneren Sicherheit für ihn zu übernehmen, um den ministerialen Ausrutscher durch die Erkenntnislage des Dienstes zu sockeln. Er äußerte sich ausführlich, wirkte dabei seriös und überzeugend und durfte zudem vielsagende Andeutungen setzen und sie im Vagen belassen, denn welcher Dienst würde sich schon in der Öffentlichkeit vollständig offenbaren?

Er tauchte damit mehrfach in der politischen Berichterstattung auf, sogar in den Abendnachrichten. So war Lena auf ihn gestoßen.

Bist du das, Kurt?

Was für eine Frage! Natürlich war er Kurt, nur welchen meinte sie? Dann aber der Hinweis auf das Max-Planck-Gymnasium, und damit war klar, dass sie wirklich diese seinerzeit so hinreißende Lena war.

Mannomann, hätte man das nur früher geahnt!

Halder las die Mail bewegt ein zweites Mal und blickte vom Bildschirm auf. Seine Augen schmerzten, er war müde und draußen war es bereits dunkel. Aber in ihm wurden Glückshormone ausgeschüttet, die ihm die Brust weiteten und reines Wohlgefühl bescherten. Tatsächlich, oben um seine Deckenlampe wand sich, einem geflochtenen Kranz ähnlich, ein jubilierender Chor von Putten.

Halder lächelte. Hatte er also doch mehr draufgehabt, als zu befürchten war. Versonnen ließ er sich treiben.

Seltsam allerdings mutete ihre Wendung von einer *eindrücklichen Begegnung* an, die er nicht deuten konnte. War es denn möglich, dass es sich damals um Lena gehandelt hatte?

Jahre nach dem Abitur traf man sich im Skilager des Gymnasiums in der Wildschönau. Eine Wiedersehensfeier. Halder studierte Jura und hatte schon ein wenig reüssiert, weil er sich dem ersten Staatsexamen näherte. Die meisten Mitschüler verfolgten keinen brauchbaren Karriereplan, und Jura war immer eine Option, vor allem für die, die sich eher mühsam in anderen Fachrichtungen versuchten. Halder hatte plötzlich etwas zu sagen. Sie fuhren Ski, tranken Jägertee und Glühwein, und für den Hüttenabend hatte Melzer einen besonderen Einfall, die Zubereitung einer Feuerzangenbowle.

Der große Bowlentopf wurde auf Temperatur gehalten, darüber eine metallene Feuerzange gelegt, auf der sich der Zuckerhut platzieren ließ. Dann aber machte Melzer den entscheidenden Fehler: Statt den Zuckerkegel mit Alkohol zu tränken, bevor er über dem Punsch angerichtet wurde, goss Melzer den hochprozentigen Strohrum darauf, als er bereits darüberlag. Schon beim ersten Mal floss viel zu viel Rum in die Weinmischung. Als dann der Hut nicht stilvoll brennen wollte, kippte Melzer ordentlich nach. Das Gebräu hatte sich so zu einem wahren Höllenpunsch entwickelt.

Der Punsch war heiß, schmeckte süß und fruchtig, den Alkohol musste man in Kauf nehmen. Die Gespräche wurden lebhaft, das Gelächter anhaltend und laut, vor allem brauchte es bald keinen Anlass mehr, es trug sich von selbst.

Irgendwann spät in der Nacht erwachte Halder. Es gab in der Hütte vier Räume mit Matratzenlagern für je fünf Personen. In welchen er wie geraten war, ließ sich seinem verklebten Hirn nicht mehr abverlangen, zudem war die Dunkelheit in den Bergen so tief, dass er nicht einmal zu sagen wusste, mit wem er das Zimmer teilte. Tastend versuchte er, sich zu orientieren, dann verstand er, dass er quer zur gedachten Ordnung auf den Rosshaarpolstern gebettet lag. Offenbar war es nicht weiter von Bedeutung, denn die Person, die er neben sich fühlte, ruhte ähnlich schlampig sortiert. Sie stöhnte, als sie seine Berührung fühlte, und Halder wurde schlagartig klar, dass diese Person eine Frau war.

»Mach's doch endlich!«, nuschelte sie und fügte noch einen kurzen Namen an, der jedoch so unverständlich blieb, dass fast alle Männer aus der Gruppe angesprochen sein konnten mit Ausnahme von Nikolaos und Heinrich. Halder streckte vorsichtig seinen Arm aus, und sie schob sich dicht an ihn heran. Ihm stockte der Atem, und er wusste nicht, wie er das nun fortführen sollte. Er fürchtete, nicht gemeint zu sein. Die Frau schob seine Hand unter ihren Pullover. Als er sich später nach unten vorgearbeitet hatte, fühlte er, dass sie nass zwischen den Beinen war. Jetzt schien ihm die Situation eindeutig genug, und er versuchte, aus seiner Hose zu schlüpfen. Bei dieser Gelegenheit stellte er fest, dass sie bereits geöffnet war, so als habe er bereits einen Versuch unternommen. Den aber dann in vollständiger Bewusstlosigkeit.

Bei zweien, die ihrer Sinne nicht mächtig zueinanderfinden, so wenig gewollt wie zwei Bretter, die zur Seite kippen und zufälligerweise aufeinander zu liegen kommen, konnte weder von einem Glück der Vereinigung noch von einem nachhaltigen Erlebnis die Rede sein. Im Grunde genommen war alles schon im Akt vergessen, denn Halder schlief danach sofort wieder ein, ohne zu wissen, wie das zuging.

Am nächsten Morgen erwachte Halder, weil Nikolaos in eine Ecke gerollt lag und schnarchte. Beim gemeinsamen Frühstück stellte sich rasch heraus, dass die ehemaligen Mitschüler unausgesprochen in eine Übereinkunft eingewilligt hatten, alles, was nach dem zweiten Glas Punsch passiert war, aus dem Gedächtnis zu verbannen, mindestens jedoch nicht darüber zu sprechen. Die Frauen saßen da, munter, gut geschminkt und nett zurechtgemacht, und in keinem ihrer Gesichter konnte er etwas lesen, was auf das Abenteuer der Nacht hingedeutet hätte. Schließlich wurden die Verwüstungen des Abends beseitigt, und sie verabschiedeten sich höflich und herzlich voneinander. Hans Goldner, der früher schon in der Schülerzeitung engagiert gewesen war, schickte ein paar Wochen später allen Teilnehmern einen Abzug des Gruppenfotos im Schnee vor der Hütte, das er aufgenommen hatte.

Und wenn das nun Lena gewesen war?

Halder atmete tief ein, der Seufzer beim Ausatmen blieb jedoch gedacht. Jugenderinnerungen waren stets bittersüß. Reines Glück gab es nie, immer war ein Kummer damit verbunden.

Er streichelte das Rindsleder. Vor dieser Zusammenkunft galt es noch, die Pflichten zu bewältigen. Die für das Gespräch wesentlichen Akten hatte er sich von Lieberwitz, seinem Assistenten, zusammenstellen und in Schnellhefter binden lassen. Er zog das voluminöse Konvolut hervor.

Der Fall Nordring.

2

»LKA München, Kottke!«

Kommissar Kottke feilte gerade seine Fingernägel, als das Telefon klingelte. Mit der Linken angelte er den Hörer und klemmte ihn zwischen Schulter und Schädel an das Ohr. Er hasste Headsets. Fast ein Jahrzehnt lang hatte er als Polizeimeisteranwärter und schließlich als Polizeiobermeister Dienst in Freilassing an der bayerisch-österreichischen Grenze geschoben. Sein Schreibtisch war telekommunikationstechnisch nie anders ausgerüstet gewesen als mit Telefon auf einem ausziehbaren Schwenkarm und aufgesetzter Schulterhalterung auf dem Hörer. So ließen sich auch beidhändig Protokolle in die Maschine tippen.

»Hier ist Pit.«

»Pit?«

»Der Frontmann von 88Volunteers. Ich habe dir ein Autogramm gegeben und dann haben wir Nummern getauscht. Ein paar Bier haben wir auch zusammen getrunken. Schon vergessen?«

Drei Jahre war das her! Drogen, Zigarettenschmuggel, Flüchtlinge, übermüdete Fernfahrer – Kottke fühlte sich wie einer, der ständig zum Kloputzen abkommandiert war. Die Arbeit war öde, und Anerkennung wuchs einem dadurch nicht zu. Er biss die Zähne aufeinander und schaffte es, in ein Programm aufgenommen zu werden, das ihn vom mittleren in den gehobenen Dienst hievte. Allerdings musste er dafür nach Thüringen. Auf einer abgelegenen Wiese veranstaltete der Hugin-Verlag ein Festival. Es gab einen Infostand mit Buchverkauf, ansonsten ging viel Bier und Gegrilltes über die Theke. Am Nachmittag traten einige Bands auf. Eine letztlich harmlose Angelegenheit, jeder durfte mal seinen Spaß haben. Betrunkene und Randalierer gab es nicht mehr als bei jedem anderen Volksfest auch. Das Festival im Griff zu behalten war nicht besonders schwierig, zumal der in der Alternativszene übliche irrationale Hass gegen Uniformträger nicht aufkam. Gegen Abend traten dann die 88Volunteers aus München als Top-Act auf. Sie spielten kernigen Punkrock wie Kottke ihn mochte. Er kaufte sich eine CD, plauderte ein wenig mit Pit, dem Sänger, und ließ sich die CD signieren.

»Natürlich habe ich das nicht vergessen. Habe nur nicht mit dir gerechnet. Was gibt's?«

»Probleme.«

»Welcher Art?«

»Mal ganz direkt gefragt: Werde ich von euch überwacht?«

»Warum sollten wir?«

»Seit heute Mittag steht da draußen am Parkplatz ein

Fahrzeug von euch. Hatte dir ja erzählt, dass ich gelegentlich im Euro-Industriepark an der Waschanlage arbeite und mir ein paar Mark dazuverdiene.«

»Und wie kommst du darauf, dass das etwas mit dir zu tun hat?«

»Oberweida, verstehst du?«

»Null. Kannst du vielleicht mal ein paar mehr Infos rüberreichen?«

»Oberweida in Thüringen. Alljährliches Festival. Letztes Wochenende mit Zeltlager, Feuer, Grillfete und so. Wie immer ist ein Haufen Kameraden aufmarschiert. Natürlich auch marodierende Antifa. Da gab es eine ordentliche Klopperei.«

»Und du mittendrin?«

»Na ja. Offiziell war ich besoffen, ganz weit hinten und habe nichts mitbekommen. Aber vielleicht gibt es Fotos.«

»Kannst du die Nummer von dem Fahrzeug erkennen?«

»Moment mal!«

Pit ging durch die Anlage. Kottke hörte, wie Wasser auf Blech traf und Bürsten rotierten. Irgendjemand schrie »Mahlzeit!«, dann war nur ein Rascheln zu vernehmen.

»Ich hab's: M-PM 197.«

»Okay, ich schau mal nach.«

»Danke.«

Bald hatte Kommissar Kottke herausgefunden, dass das Fahrzeug zur Polizeiinspektion 13 gehörte. Die Beamten POM Dobeleit und Kommissar Röhricht waren zur Observierung des Parkplatzes abkommandiert. In letzter Zeit waren vermehrt Einbrüche in parkende Autos angezeigt worden.

Ausgerechnet Röhricht! Dieses Arschloch mit seiner testosterondampfenden Aura. Schon deshalb gab Kottke eine kurze Nachricht an Pit durch. Danach schob er sein Smartphone in die Hosentasche und verschwand auf der

Toilette, wo er sich, ein Nacktbild von Gudrun vor Augen, heute schon zum zweiten Mal erleichterte.

Gudrun, seine Ex-Freundin!

Was ihn zu dieser pubertären Hyperaktivität trieb, war Verlustgeilheit. Der Gedanke an sie packte ihn wiederkehrend wie ein jäh ausbrechender Wahnsinn. Das Wiederhaben-Wollen entfachte ein zwanghaftes Begehren in ihm, eines, dem er in Zweistunden-Intervallen mit zusammengebissenen Zähnen erlag. Danach wallte erneut der Hass auf. In langanhaltenden inneren Monologen rechtete er herum und beschimpfte sie unflätig. Nach einiger Zeit poppten dann Bilder auf, in denen er sah, was Röhricht mit ihr anstellte, ausgepinselte Phantasien, die so unerträglich waren, dass er gar nicht anders konnte, als sich in ihnen selbst wieder als Akteur einzusetzen. Im Grunde genommen lief es auf dasselbe hinaus, denn der andere machte, was Kottke immer schon gewollt hatte, weswegen sich die Frage stellte, warum dieses Arschloch nicht endlich verschwand und den Platz freigab, der ihm gehörte. Durch solche Visionen, in denen er seine Person ständig mit der des Anderen austauschte, wuchs seine Erektion.

Dann begann alles wieder von vorn.

Zwischendrin holte er sich eine Leberkässemmel aus der Kantine.

3

»Tag, Polizei!«

POM Dobeleit zückte seinen Dienstausweis. Brandl hatte gerade ein Büschel Glasnudeln aus dem Pappbecher gefischt, von dem braune Soße tropfte. Er ließ alles wieder zurückfallen und musterte die beiden mit unstetem Blick.

»Wir hätten da mal eine Frage.«

Brandl zuckte die Achseln.

»Auf dem Parkplatz draußen sind Autoknacker zugange. Mehr als ein Dutzend Fälle wurden bereits angezeigt. Haben Sie etwas gesehen? Ist Ihnen etwas Verdächtiges aufgefallen?«

Brandl hob beide Arme, als wolle er sich ergeben.

»Wie denn, Leute? Ich hocke den ganzen Tag hinter der Kasse in dem Häuschen da drüben. Da sieht man doch nichts.«

»Sonst jemand?«

»Pit vielleicht. Der steht draußen und braust die Autos ab, bevor sie in die Anlage fahren.«

Brandl steckte Daumen und Zeigefinger in den Mund und pfiff.

»Hey, Pit! Komm mal rüber. Dein Typ wird verlangt.«

Pit stand unschlüssig da. Was wollten die denn hier? Kottke hatte doch bereits Entwarnung gegeben. Dann zog er den Hosenbund über den Bauch und gab den Wasserstrahler an seinen Kollegen weiter.

»Bin gleich wieder da.«

Pit schlüpfte in den grauen Kittel, um mit seinen Armtätowierungen kein Aufsehen zu erregen.

»Ist was?«

Dobeleit wiederholte seine Frage. Pit atmete durch.

»Gesehen? Nicht viel. Arbeite hier nur als Aushilfe, bin eigentlich Musiker.«

»Und was ist Ihnen aufgefallen?«

»Dass diese Zecken von drüben aus den Containern hier ständig herumlungern. Treffen sich da hinten bei den Büschen. Musik haben sie auch dabei, Hip-Hop oder so, und ein paar Pullen. Geld kriegen die vom Amt, und zu tun haben sie nichts. Da würde ich mal nachgraben.«

Dobeleit machte sich Notizen. Dann blickte er auf und hob mit dem Bleistift den Ärmel von Pits Kittel an. Eine Doppel-Acht.

»Soll uns das etwas sagen?«

»Unsere Band heißt 88Volunteers. Mehr nicht.«

»Die Doppel-Acht?«

»Ist nur eine Zahl. Wie Route 66. Ein bisschen Legende kommt immer gut.«

Röhricht fasste seinen Kollegen am Unterarm.

»Interessiert jetzt eigentlich nicht, oder?«

Dobeleit steckte sein Notizbuch zurück.

4

Kottke lief wie ein Tiger in seinem Büro auf und ab. Im Prinzip war bereits Feierabend, er hätte also nach Hause gehen können. Aber was sollte er da? Er fühlte sich ausgewrungen und leer. Gefühle, die gegeneinanderwirkten, rieben ihn auf. Hass blähte ihn auf, Hass gegen Röhricht, diesen Kerl, der sich über seine Freundin hergemacht hatte. Schmerz machte ihn klein, hilflos und bedürftig und nährte die heftige Sehnsucht nach Gudrun.

Gäbe er seinem drängendsten Impuls nach, würde er versuchen, sie zu beobachten und zu überwachen. Sich Gewissheit über alle Schritte zu verschaffen, die sie unternahm. In ihre intimsten Geheimnisse einzudringen bis hin zur Farbe ihres Slips. Erkenntnis, Demütigung und Geilheit waren die Stationen, in denen ihn sein innerer Dämon vorwärtstrieb. Immer im Kreis.

Allerdings war Kottke Polizist genug, um zu wissen, dass Stalking als ein gravierendes Delikt galt. Würde er sich diesen Vorwurf zuziehen, wäre seine weitere Laufbahn blockiert, zumal es sich bei der Verfolgten um eine Kollegin handelte.

Also war der Plan, eine Flasche Wodka zu kaufen und sich die Kante zu geben.

In seiner Hosentasche vibrierte das Smartphone.

»Pit noch mal.«

»Was gibt's?«

»Du sagtest doch, deine Kollegen seien nicht auf mich angesetzt. Dafür haben sie mich aber ganz schön in die Mangel genommen.«

»Inwiefern?«

»Bin ausführlich verhört worden.«

»Ist doch normal. Du bist eben vor Ort und hast vielleicht etwas beobachtet.«

»Der eine wurde ganz schön zeckig. Hat an meinen Tattoos herumgemeckert.«

»Was ist denn da zu sehen?«

»Nur der Bandname: 88Volunteers. Manchmal fragst du dich echt, ob es in diesem Land noch Meinungsfreiheit gibt.«

»Klingt alles nicht so tragisch.«

»Okay, okay. Ihr seid ja unsere Freunde und Helfer. Was ich eigentlich wissen wollte: Wie wäre es mal mit ein paar Bier? Ich kenne hier in der Nähe eine Kneipe, wo ich mich gerne mit Kumpels treffe.«

»Heute?«

»Heute ist Bandprobe. Der Termin ist heilig. Morgen würde gut passen, da bin ich schon sechzehn Uhr aus der Mühle raus.«

Kottke überlegte. Dann blieb es für heute doch bei der Flasche. Aber ein bisschen Gesellschaft, unter andere Leute kommen, das war sicher nicht verkehrt. Im Umkreis der Band waren auch Frauen unterwegs, vielleicht ließ sich eine abschleppen.

5

Am nächsten Tag verbrachten Dobeleit und Röhricht nun schon den zweiten Abend, geschützt von der Dunkelheit und dem Gebüsch nahe der Nordring genannten Bahntrasse, in ihrem Dienstfahrzeug, um den weitläufigen Parkplatz im Euro-Industriepark im Auge zu behalten. Bereits nach zwei Stunden zeichnete sich ab, dass heute Nacht genauso wenig passieren würde wie zuvor. Als hätte jemand den Autoknackern einen Tipp gegeben.

»Kannst du knicken«, sagte Dobeleit.

Röhricht grunzte und richtete sich hinter dem Steuer auf. Er war in schlechter Verfassung, zu lange gefeiert, zu wenig geschlafen.

»Ich habe einen brutalen Unterzucker.«

»Was heißt das?«, fragte Dobeleit.

»Hunger!«

»Mann! Wir verlassen den Posten hier, fahren rüber zum Mäcki und dann passiert's womöglich. Außerdem sieht man uns doch. Wenn du ausflaggen willst, dass wir hier Wache schieben, kannst du gleich das Blaulicht einschalten.«

»Schon mal dran gedacht, zu Fuß hinüberzugehen?«, erwiderte Röhricht.

»Wer?«

»Wir können ja knobeln.«

Bald danach öffnete Dobeleit sacht den Schlag, schlüpfte hinaus und bewegte sich die Böschung entlang hinüber zum Schnellrestaurant. Röhricht verfolgte seinen Weg noch eine Weile, dann sank ihm das Kinn auf die Brust. Später träumte er von Grillwürsten, Brathühnern und schließlich von Frühstücksspeck, der rauchend in einer heißen Pfanne zischte. Dann fuhr er hoch. Es roch kokelig. Einbildung? Das Grillhendl-Mobil, das vor dem Supermarkt geparkt stand, war längst verschwunden. Dass Schwaden von drüben über den Parkplatz zogen, schien unwahrscheinlich. Verwirrt öffnete er die Tür. Offenbar kam der Qualm von unten. Er streckte den Kopf hinaus, um sich zu vergewissern. Auf dem Teerboden zeichnete sich der Schattenriss einer Person ab.

»Hey!«, schrie Röhricht.

Er versuchte, sich aus dem Wagen zu wuchten, spürte jedoch einen heftigen Schlag auf seinem Schädel und sackte auf den Fahrersitz zurück.

Dobeleit hielt die Pappboxen unter das Kinn geklemmt. Die Schlange im Restaurant war lang gewesen, die Abwechslung dennoch willkommen. Den dunklen Parkplatz im Auge zu behalten, war langweilig und ermüdend. Als er die Zufahrtsstraße überquert hatte und den Parkplatz betrat, wurde er auf eine Feuersäule aufmerksam, die, wie er sofort befürchtete, in der Nähe ihres Standplatzes aufstieg. Er lief los. Zuerst hielt er die Boxen noch unter den Arm geklemmt, dann stellte er fest, dass es sich um ihr Dienstfahrzeug handelte. Jetzt ließ er alles fallen und rannte in wilder Panik dem Brand entgegen.

Der BMW brannte lichterloh, vor allem aber hing ein Mensch wie eine schlaffe Puppe aus der offenen Fahrertür. Auch ihn hatten die Flammen erfasst.

»Hilfe!«, schrie Dobeleit.

Dann gelang es ihm, im Laufen einen Notruf abzusetzen: Feuerwehr, Verstärkung und einen Notarzt. Endlich erreichte er den Wagen. Die Hitze versengte seine Haare, als er nähertrat. Er zerrte sich die Jacke vom Leib, schlug damit auf die Flammen ein, die Röhricht umzüngelten. Dann besann er sich, zerrte ihn, durch den widerstandsfähigen Stoff geschützt, vom Sitz und schleppte ihn ein Stück weit weg vom Brand. Er schlug das Feuer aus und beugte sich über Röhricht. Verkohlt, aufgeplatztes Fleisch, rot sickerndes Blut. Atmung war nicht mehr feststellbar, der Puls nicht zu tasten. Dobeleit hatte auch keine Vorstellung, wie man einen so verschmorten Körper reanimieren könnte. Auch ohne den bald eintreffenden Notarzt war er sicher, dass sein Kollege die Verletzungen nicht überlebt hatte.

6

Halder strich sich das Schläfenhaar zurück. Diese ganze Polizeifolklore mit Untersuchung, Mutmaßung und Vernehmung, in behäbigem Beamtendeutsch niedergelegt, war ermüdend. Vieles davon mochte man schon deshalb nicht glauben. Erst neulich hatten sie im Amt in kleiner Runde zu einer Besprechung zusammengesessen. Halder rüffelte einen Kollegen für seinen unbeholfenen Tagebuchstil. Der reagierte beleidigt. Aber genau so sei es abgelaufen! Halder setzte ein nach innen gewandtes grimmiges Lächeln auf. Eigentlich hätte man grundsätzlich werden müssen. Es ging nicht nur um eine Stilfrage, wenn einer wie ein Kind den Sachverhalt mit »und dann … und dann … und dann …« dahinplapperte. Die Geltung von Tatsachen beruhte darauf, dass sie glaubwürdig vermittelt wurden. Aber man dürfe doch dem, was gewesen sei, nichts hinzufügen, hieß es dann.

Die kurze Antwort, die man in gewitzteren Kreisen zum intellektuellen Amüsement hätte geben können, lautete: »Lieber Freund, dann schlagen Sie doch mal bei Nietzsche nach!« In dieser Runde hätte das eine heillose Überforderung und damit Herabsetzung des anderen bedeutet. Also wurde Halder pädagogisch und benutzte stattdessen ein Beispiel, das er ein wenig in seinem Sinne gemodelt hatte, um es griffiger zu machen: Ein nach Schnaps stinkender Penner sei auf die Polizeiwache gekommen, um einen Herrn von der Heyd anzuzeigen. Dieser habe ihn getreten, ihm anschließend die Zunge herausgestreckt und unverschämt gelacht. Was sei wohl auf diese Anzeige hin passiert? Genau: Nichts! Aber so sei es abgelaufen, mochte auch der Penner gesagt haben.

Was verstehe man daraus? Der Wahrheit wohne keinerlei Kraft inne, dank derer sie sich Geltung verschaffen könne. Um Recht zu bekommen, müsse man in der Position sein, sich Recht zu verschaffen. Dazu sei eine Form von Macht notwendig, im beschriebenen Fall die der Glaubwürdigkeit. Nur wer Autorität habe, verfüge darüber. Dies gelte letztinstanzlich für jede Form von Recht.

Er entnahm seinem Koffer ein Blechdöschen mit Pfefferminzpastillen. Auf dem Deckel war eine aufgeschnittene, saftige Zitrone abgebildet. Dazu die Aufschrift *Saure Drops*. Saure Drops erinnerten ihn an seine Kindheit, allerdings solche in der Rolle. Heute gab es sie so nicht mehr. Er bekam die Bonbons von seinen Eltern gegen Durst, sauer dämpfte angeblich den Drang, etwas trinken zu wollen. Zu viel zu trinken galt damals als ungesund. Aber Kinder hatten ständig Durst, also gab es saure Drops. Aus sentimentalen Gründen würde Halder noch heute saure Drops lutschen, aber der Zucker machte einen klebrigen Mund und pelzige Zähne. Zudem ging es um frischen Atem, daher waren zuckerfreie Pfefferminzpastillen das Mittel der Wahl. Bei der Zufuhr von Flüssigkeit allerdings blieb er sparsam, hier hatte sich etwas festgesetzt.

Wenn Halder brav gewesen war, durfte er am Sonntagnachmittag ins Kino nebenan, zu *Dick und Doof* oder einer der *Fuzzy*-Episoden, was eben ab sechs Jahren freigegeben war. In *Fox Tönender Wochenschau*, die als Zugabe zum Hauptfilm gezeigt wurde, sah Halder zum ersten Mal einen Roboter, keinen wirklichen, sondern einen, den, wie man dachte, die Zukunft bringen würde. In staksigem Gang, wie ein Ritter in schwerer Rüstung, bewegte sich das Modell vorwärts. Halder dachte dabei an seinen Vater, auch er lief ähnlich steif, weil er im Krieg beide Beine verloren hatte und nun Prothesen trug. Zusätzlich benutzte er zwei Gehstöcke aus Ebenholz mit Silberknauf. An manchen Tagen, wenn ihm die Oberschenkelstümpfe Schmerzen bereiteten, griff er zu Krücken. Nie hatte Halder seinen Vater ohne diese Kunstglieder gesehen. Wann immer er sie ablegte, blieb die Tür verschlossen. Erwin Halder war Richter und fürchtete, als Rumpfmann seine Autorität zu verlieren. Zu einem Delinquenten durfte man nicht auf-, sondern nur herabblicken. Kurt war von der Vorstellung geradezu besessen, wie sich sein Vater wohl ohne Prothesen vorwärtsbewegen würde. Robbend, sich mit beiden Armen vorwärtsschiebend? Oder sich wie ein Gorilla abstützend? Solche Bilder fuhren heftig und anhaltend in ihn ein, und er wusste in jedem Moment, dass sie verboten waren. Er versteifte sich, biss die Zähne aufeinander, aber solche Gegenmittel blieben vollkommen wirkungslos. Immerhin hatte er versucht, dagegen anzukämpfen.

Halder blätterte in der Aussage von POM Dobeleit. Zweifellos glaubwürdig. Logischerweise war auch sein Ausflug in das Fastfood-Restaurant nicht beschönigt. Wie sonst hätte er erklären können, dass er sich beim Ausbruch des Brands nicht im Fahrzeug befand?

Aber warum hatte Röhricht das Feuer nicht oder zu spät bemerkt? Schlag auf den Kopf mit stumpfem Gegenstand, sagte der Obduktionsbericht. Die Frage war nur, wann und mit welcher Absicht?

Bald danach flog bei der Suche nach den Tätern auch die Diebesbande auf. Folge des massiven Fahndungsdrucks, immerhin ging es um den Tod eines Kollegen. Es handelte sich um eine Jugendgang. Gemischte Nationalitäten: deutsch, syrisch, marokkanisch, nigerianisch und afghanisch. Solche Gangs bildeten sich immer wieder, meist war eine Anführerfigur der Kristallisationspunkt. Diese hier formierte sich im Hasenbergl, dem an das Gelände des Euro-Industrieparks angrenzenden Viertel.

Hasenbergl?

Halder hatte nachgefragt. Als Rheinländer waren ihm die bayerischen Verhältnisse nicht vertraut. Wenn in München überhaupt von einem prekären Quartier die Rede sein könne, dann vom Hasenbergl, hieß es. Auch Flüchtlinge waren in der Umgegend untergebracht. In Kasernen, Flexi-Heimen und Containern.

Vorsicht!

In Wohnmodulen. Manche gestatteten sich, in schlampigen Begriffen zu denken oder im kleinen Kreis so zu reden. Das war immer ein Fehler, denn da schliff sich etwas ein. Man saß auf einer Pressekonferenz, geriet unter Druck und plötzlich rutschte einem ein Begriff heraus, den man besser nicht in den Mund genommen hätte. Halder übte Disziplin. Dies war das Geheimnis seiner klaren und bedächtigen Art, öffentlich zu kommunizieren.

An dieser Gang blieb schon in den Vernehmungen nichts Furchterregendes mehr übrig. Junge Burschen, pubertär irregeleitet. Die Jüngsten fingen zu weinen an. Das Gefährliche an ihnen sackte wie ein Soufflé zusammen, das man aus dem Ofen nahm. Nur in der Gruppe – Show? Gefallsucht? – entwickelten sich kriminelle Neigungen. Natürlich, man besorgte sich auf illegalem Weg, was man anderweitig nicht bekam, vor allem Elektronikgeräte wie Handys, Kopfhörer und Tablets, aber auch Kleidungsstücke, die frisch eingekauft im Wagen lagen, oder was sich sonst gut und rasch weiterveräußern ließ. Das Vorgehen war jedoch nicht systematisch, sondern zufallsgesteuert. Wenn man einen Wagen aufbrechen konnte, taten sie das, die Beute darin war zweitrangig. Manches wurde schon kurz danach wieder weggeworfen. Trophäen, die schon hundert Meter weiter ihre Bedeutung verloren hatten. Ein Tipp, vorsichtig zu sein, war ihnen nicht zugespielt worden, vielmehr wurde an diesen Tagen das Frühlingsfest auf der Theresienwiese eröffnet und keiner von ihnen wollte dieses Ereignis versäumen.

Abgehakt!

7

Aber der Brandsatz, der gelegt worden war, sprach eine klare Sprache.

Wie so oft begann es in Berlin, führte ein Dossier aus, das sich Halder von Lieberwitz aus verstreuten Materialien hatte aufbereiten lassen. Dann kamen Hamburg, Göttingen, Leipzig und schließlich auch München. Die militante Linke vollzog einen Strategiewechsel, bei dem sie auf das Konzept der Revolutionären Zellen zurückgriff, die bis in die neunziger Jahre aktiv gewesen waren. Die leitende Idee war nicht mehr der Aufbau einer übergreifenden Organisation, einer Roten Armee, auch wenn sie zunächst einmal nur Fraktion bleiben musste, sondern kleine selbstständig agierende Gruppen sollten aufpoppen, nicht mehr als drei, vier Personen, die in der Lage waren, Anschläge durchzuführen, um dann wieder in der Anonymität zu verschwinden. Die martialische militärische Beschaffungslogistik von Waffen, Sprengstoff, Fahrzeugen und Unterkünften entfiel, die Mitglieder mussten in keinen Untergrund abtauchen, sie gingen ihrer Arbeit nach, lebten unauffällig und trafen sich von Zeit zu Zeit, um Aktionen wie Nadelstiche zu setzen, meist Anschläge, die sich en passant bewerkstelligen ließen. Manche Gruppen blieben ganz anonym oder tauchten unter wechselnden Tarnnamen auf und dann wieder ab, um die Fahndung nach einer bestimmten Organisation zu erschweren, die Identifizierung ihrer Handschrift der Polizei zu überlassen und dem nicht durch Bekennerschreiben zuvorzukommen.

In München hatte sich eine solche Gruppe gebildet, die von Zeit zu Zeit unter dem Namen *Fight Club Munich* oder abgekürzt *FCM* in Erscheinung trat. Bei der hier jährlich stattfindenden Sicherheitskonferenz wurde der *FCM* mit

Flugschriften aktiv. Der Aufruf verwendete keine der bekannten großflächigen Parolen, wie *Nato zerschlagen, Blutspur Syrien, Solidarität mit den Flüchtlingen* oder *Fight Capitalism,* sondern forderte dazu auf, den *Bullenstaat BRD* direkt anzugreifen, gegen die *Gentrifizierung* und *Yuppisierung* der Stadt zielbewusst vorzugehen. Gemeint war, Polizei- oder Militärfahrzeuge, Büros von rechten Parteien, Wirtschaftsverbänden oder *Miethaien* anzuzünden oder wenigstens zu brandmarken. Adressen von exponierten Vertretern des *herrschenden Systems* wurden genannt, Anleitungen zum Bau von Brandsätzen verfasst und Tipps gegeben, wie man sich der Observierung durch die Polizei entziehen und unerkannt operieren konnte. Da es sich um keine fassbare Organisation handelte, tappte die Behörde im Dunkeln. Das *Kafe Marat,* wo sich die autonome linke Szene traf, wurde überwacht und gefiltert, ohne dass sich Anhaltspunkte ergeben hätten.

Im Fall des Brandanschlags auf dem Parkplatz des Euro-Industrieparks gab es kein Bekennerschreiben, niemand in der Szene hob den Finger, aber die Tat wies dennoch eine eindeutige Signatur auf: Unter dem Dienstfahrzeug von Röhricht und Dobeleit fanden die Spezialisten des LKA Spuren einer wohlbekannten und schlichten Brandsatzkonstruktion. Zwei große 1,5-Liter-Plastikflaschen mit Spiritus gefüllt und mit Klebeband umwickelt, direkt daneben zwei Joghurtbecher, in deren Aludeckel Grillanzünder gesteckt waren. Wenn die Anzünder heruntergebrannt waren, fing der Inhalt der PET-Flaschen Feuer und setzte den Wagen in Brand.

Allerdings, so fügte Lieberwitz an, war in diesem Fall auch der Insasse des Fahrzeugs niedergeschlagen und verbrannt worden. Die einzig zwingende und der Logik früherer Taten folgende Erklärung war, dass Röhricht eingenickt war, von dem oder den Tätern nicht bemerkt wurde und erst auffiel, als er die Wagentür öffnete. Man verabreichte ihm einen Schlag auf den Kopf und floh. Ein solcher Hieb ließ sich nicht kontrollieren oder gar dosiert einsetzen. Dieser jedenfalls war zu heftig gewesen, sonst wäre Röhricht wieder aufgewacht und hätte sich in Sicherheit bringen können.

So oder so ähnlich, die Annahme des Kollegen hatte durchaus Substanz. Allerdings durfte das nicht die einzige Hypothese bleiben. Halder blätterte, fand aber nichts. Was, wenn es genau umgekehrt gewesen war? Der Täter hatte Röhrichts Tod nicht in Kauf genommen, sondern wollte ihn zielgerichtet herbeiführen? Das Abfackeln des Fahrzeugs diente dann nur der Verschleierung der Tat.

8

Sie stoppten. Glöckler zuckte die Achseln und wies hinaus. Ein Stau auf der A61 bei Waldorf, vor dem weder Verkehrsfunk noch Navigationssystem gewarnt hatten. Der Wagen stand eingezwängt auf der Mittelspur, ein polnischer LKW zur Rechten, ein Kleinbus zur Linken mit der Belegschaft der Schreinerei Mützel, die neugierig herübergaffte. Halders schwarzes Dienstfahrzeug glänzte wie neu, gehörte der Luxusklasse an und war mit getönten Scheiben ausgestattet. Vielleicht kannte man die Insassen? Halder zog den Vorhang vor. Glöckler hatte sich inzwischen kundig gemacht, ein Unfall, zwei LKWs waren ineinander verkeilt, die Autobahn wurde daraufhin gesperrt, und die Verzögerung würde voraussichtlich eine halbe Stunde betragen.

Halder sah auf die Uhr. Um eine Verspätungsmeldung an Lena abzusetzen, war es zu früh. Er hatte ohnehin schon vorsorglich gewarnt, nicht ganz pünktlich in dem Landgasthof am Ammersee sein zu können. »Spielt keine Rolle«, meinte Lena mit frivolem Unterton, »man sitzt gut dort. Und ein paar Aperitifs mehr oder weniger machen ja nichts aus. Man kommt in Stimmung, nicht wahr?« Wieder so eine Bemerkung, die sich als Hinweis auf die rätselhafte Nacht in der Wildschönau deuten ließ.

Von hinten näherte sich ein Fahrzeug mit Sirene. Glöckler war noch näher an den LKW herangerückt, um Platz für die Rettungsgasse zu schaffen. Halder hatte schon mehrmals darüber nachgedacht. Früher gab es keine Staus, jedenfalls erinnerte er sich an keinen. Die automobilen Dramen waren anderer Art: Das kleine Fahrzeug von Onkel Karl, der ihn in den Ferien zu den Großeltern im Schwarzwald holte, verlor am Berg rapide an Geschwindigkeit, kroch nur noch nach oben, und Halder krampfte die Hände in die Polster, weil er fürchtete, sie würden steckenbleiben. Tatsächlich, das gab es: Autos, die mit geöffneter Motorhaube am Straßenrand standen! Das Kühlwasser kochte der übermäßigen Belastung wegen. Oder französische Modelle mit gelbem Scheinwerferlicht, von dem sich Onkel Karl so geblendet fühlte, dass er nur noch im Schneckentempo fuhr. Aber Staus? Heute waren solche Behinderungen keine Ausnahme mehr, symptomatisch für eine Gesellschaft, in der Anomalie zur Regel geworden war. Das Normale und der zugehörige Wert, die Norm, bezogen ihre Legitimität nur noch aus dem, was früher einmal verbindlich gewesen war. Halder machte sich eine kurze Notiz. Dieser Gedanke war ein wenig grobschlächtig, aber durchaus griffig. Zu verwenden, wenn Anschaulichkeit obenan stand.

»Musik?«, fragte Glöckler.

Halder machte ein spitzes Mündchen und nickte. Der Chauffeur wusste die Geste richtig zu deuten: Man verschone Halder von dem dumpfen Dauergeplauder der Formatsender, Musik ja, aber mit Anspruch! Er startete daher den externen Musikplayer, auf dem er einige von Halders Favoriten zusammengetragen hatte. Die ersten Takte ertönten. Der Klang im Wagen war gedämpft, aber voluminös.

Halder analysierte. Bach. Zweifellos das *Wohltemperierte Klavier*. Präludium Nr. 1. C-Dur? Leider hatte noch nie jemand von ihm wissen wollen, was er an Bach so schätzte. Bitte schön, dann eben ungefragt: Die strikte Logik dieser Musik. Mit dem Thema war eine Aufgabenstellung formuliert, in deren Ausführung jeder Ton den nächsten zwingend anstieß. Da war nichts Zufälliges, nichts Fremdes, nichts Falsches. Ein Triumph der schönen Ordnung. Man lehnte sich zurück, ließ sich von der Musik umfangen und spürte die Zuversicht, dass das Gute und Schöne überlegen waren.

Glöckler warf einen Blick in den Rückspiegel. In Halder arbeitete es noch. Die Königsdisziplin: Um welchen Interpreten handelte es sich? Schiff spielte tadellos, aber schulmäßig. Einen solchen Schmelz würde er niemals rüberbringen. Goulds Manie war es, die Töne zu vereinzeln, sie wurden prägnant, aber das Geflecht trat in den Hintergrund. Grimaud? Warum nicht? Allerdings war diese Interpretation doch nicht so gefühlsgesättigt langsam vorgetragen. Eigentlich blieb nur einer übrig.

»Pollini?«

Glöckler nickte beeindruckt.

»Woher kennen Sie meine Vorlieben?«, fragte Halder.

»Man hat so seine Quellen.« Glöckler gab den Schwejk.

»Gratuliere!«, sagte Halder. »Treffer!«

Beeindruckend war Pollinis Gleichmaß, keine Note drängte sich vor, stattdessen wurde das Geflecht fortgesponnen und das musikalische Gewebe entrollte sich in einer langen Bahn.

Halder wandte sich wieder seinen Akten zu. Die Kollegen hatten sich eindeutig dafür entschieden, Kommissar Röhrichts Tod als Kollateralschaden zu betrachten. Die Historie ähnlicher Brandanschläge sprach ganz klar dafür. Es ging immer um Sachbeschädigung. Wer einen Menschen umbringen wollte, ging anders zu Werk.

Mag sein, dachte Halder. Trotzdem hatte er auf seinem Ansatz beharrt nachzugraben, was für ein Mensch Röhricht eigentlich gewesen war, welche Art von Hass er auf sich gezogen haben könnte, der einen Mord motivierte. Vorsichtshalber hatte sich Halder flankierendes Material besorgen lassen, das die Vorgeschichte ausleuchtete und ihm die Person des Toten näherbrachte.

9

Polizeikommissar Röhricht hatte die Behörden vor einigen Monaten in Misskredit gebracht. Der Fall wurde gleichlautend in der linken und der liberalen Presse vorgeführt. Er galt als ein Exempel politischer Niedertracht und befeuerte die Theorien rechtsradikaler Netzwerke bei der Polizei. Über Röhrichts Motive mochte man geteilter Meinung sein, aber sein Handeln war dumm und unüberlegt gewesen.

Er arbeitete damals beim LKA und hatte ein Haus in der Münchner Isartalstraße zu observieren, in dem sich ein linksradikales Milieu herausgebildet hatte: Café, Fahrradreparatur und einige Wohnungen. Sowohl bei den Ausschreitungen des G20-Gipfels in Hamburg als auch bei illegalen Aktionen anlässlich der Münchner Sicherheitskonferenz konnte man einige der dort Eingemieteten als Beteiligte identifizieren. Die fraglichen Personen festzunehmen brachte wenig, weil man ihnen keine konkreten Straftaten zuordnen, allenfalls ihre Anwesenheit bei den Krawallen belegen konnte. Aber man war auf eine militante Gruppe gestoßen, die sich vermutlich dem *FCM* zurechnen und deren künftige Aktionen sich nun aufdecken und durchkreuzen ließen.

Röhricht war um das Haus herumgestrichen, fand aber keinen Zugang, denn selbst im Café hätte er in seiner Zivilkleidung so auffällig wie die Katze unter Mäusen gewirkt. Die Männer waren tätowiert, trugen Schlabberhosen und kaftanartige Hemden, die Frauen hatten Dreadlocks zu Bienenkorb-Gebilden hochdrapiert, steckten in selbstgestrickten knallbunten Langpullovern und Leggins. Die andere Linie bildeten im Punkstil gekleidete Emos mit rosa-, lilafarbenen oder blauen Haaren, die wie Igel gepierct waren. Die Verwaltungsvorschrift des Ministeriums des Inneren gab keine Hilfestellung, wie ein im bürgerlichen Leben stehender Beamter sich an einem solchen Einsatzort in der geforderten, dem Umfeld angepassten Kleidung präsentieren konnte. Ausgeleierte Jeans und schwarze Lederjacke waren als Szenetarnung immer noch üblich, aber längst kontraproduktiv.

Also agierte Röhricht aus der Distanz, observierte aus dem Dienstfahrzeug oder suchte sich einen Beobachtungsposten im Nebenhaus. Gegen Mittag holte er sich aus dem nahen Feinkostladen zwei Wurstsemmeln und eine große Cola. Eine gute Stunde später spürte er das, was sein Urologe einmal »imperativen Harndrang« genannt hatte. Röhricht wusste sich nicht anders zu helfen, als auf der nahegelegenen Grünfläche hinter den Büschen zu verschwinden.

Der Tag verlief fast ereignislos, Röhricht konnte nur einige Beobachtungen zu Protokoll nehmen: Im Hof wurde eine Kiste zusammengenagelt. Der Müll wurde aus Eimern in die Tonne entleert, so dass die genaue Zuordnung der Teile zu einem Haushalt schwierig war. Vor dem Café hantierten zwei junge Männer mit Werkzeug an einem Fahrradanhänger. Später montierten sie ein Gerät an die Lenkstange, einen LED-Beleuchtungskörper, vielleicht auch eine Miniatur-Videokamera. Wenn man wie Röhricht wusste, dass für den nächsten Tag eine Fahrraddemo geplant war, konnte man dahinter durchaus unlautere Absichten vermuten, aber eben noch nicht nachweisen.

Wie vorgesehen verließ Röhricht seinen Posten bei Dienstschluss.

Passiert war nichts weiter, nur dass eine Woche später auf einer einschlägig bekannten Website ein Foto von Röhricht auftauchte. Man hatte ihn zum »Zivilbullen des Monats« gemacht und zeigte ihn in unmissverständlicher Verrichtung in die Büsche strullend.

Röhricht wurde zum Gespött seiner Dienststelle und schwor Rache. Er machte die Verfolgung dieser linksradikalen Zelle und ihres Anhangs zu seiner Privatsache. Zunächst suchte er jedoch Verbündete. In der Kantine war er Gudrun Korsukiewicz, einer flachsblonden Kollegin, begegnet. Sie saßen einander in dem fast vollbesetzten Kasino auf zwei noch frei gebliebenen Plätzen gegenüber und waren so ins Gespräch gekommen. Polizeiuniformen waren immer schon Männerbekleidung, aber Röhricht hatte sich das nötige Maß an Phantasie angeeignet, um sich vorzustellen, wie Gudrun Korsukiewicz in modischem Zivil aussah. Er gab sich große Mühe, einen sympathischen Eindruck zu hinterlassen.

Einige Zeit später traf er die flüchtige Bekannte im Polizeisportverein in der Shinkendo-Abteilung wieder. Röhricht war sehr körperbewusst und machte jede Art von Sport, hauptsächlich trainierte er Triathlon. Dann hatte ihm ein Kollege *The Last Samurai* ans Herz gelegt und ihm die DVD mitgebracht. Der Film berührte ihn tief. Mit asiatischen Weltanschauungen wollte er sich zwar nicht näher auseinandersetzen, aber er verstand, dass Heldentum mehr bedeuten konnte als die siegreiche Konfrontation Mann gegen Mann. Der Protagonist bewegte sich auch nicht im Gestrüpp von Vorschriften und Verboten, die dem eigenen Gerechtigkeitsgefühl zuwiderliefen, sondern war eingefasst und angeleitet von einem höheren Sinn, der ihn als Helden beglaubigte. Es ging einfach um etwas, das durch keine Dienstanweisung abgedeckt und mit keiner Zahl auf einem Gehaltszettel beglichen werden konnte. So angeschoben wollte Röhricht die japanische Schwertkunst kennenlernen, die noch dazu im eigenen Verein gelehrt wurde. Gudrun war bereits seit längerem Mitglied der Trainingsgruppe und hatte sich schon einige Fertigkeit im Umgang mit dem Holzschwert erworben.

Hinterher gingen sie zusammen auf ein Bier; sie erzählte, dass es ihr vor allem auf die Körpersprache ankomme. Männer würden Polizistinnen gegenüber oft zu pöbeln beginnen. Sie wolle sich davon nicht einschüchtern lassen und habe festgestellt, dass Körperspannung und straffe Haltung Eindruck machten. Sie verschaffe sich vom ersten Moment an Respekt. Dazu habe sie wichtige Techniken gelernt, wie sich die aggressive Energie eines Angreifers gegen ihn wenden lasse und wie sie mit einfachsten Mitteln, einem Stück Holz zum Beispiel, Übergriffe abwehren könne. Röhricht ließ sich von ihrer Begeisterung anstecken und versuchte, sich etwas von der tänzerischen Eleganz, der Geschmeidigkeit und Körperbeherrschung des Shinkendo beibringen zu lassen. Eine angenehme Begleiterscheinung war, in regelmäßigen Abständen Gudrun zu sehen, die jedoch, wie sie ihm mitteilte, mit einem Kollegen fest liiert war. Sie hoffe, demnächst einen Heiratsantrag zu bekommen. Röhricht eroberte immerhin einen sicheren zweiten Platz in der Rangliste ihrer Männer, was keine schlechte Position war, wie er fand.

Durch ihre Bekanntschaft wurde Gudrun natürlicherweise zur Vertrauensperson, die Röhricht nach seiner öffentlichen Bloßstellung um Unterstützung bat. Sie war sofort auf seiner Seite. Dieser Angriff musste pariert werden. Auch dienstlich saß sie am richtigen Hebel, denn Gudrun Korsukiewicz arbeitete in der Auswerteeinheit des Staatsschutzes und war dort für linke Kriminalität zuständig.

Ihre Vorgesetzten wussten, dass die Kriminalkommissarin Korsukiewicz ideologisch gefestigt war. Ihre polnischen Großeltern waren zu Zeiten der kommunistischen Herrschaft drangsaliert worden. Die tiefgläubige Familie hasste das Regime und in der Folge alle, die dem linken Lager zuzuordnen waren. Nach der Umsiedlung kamen Gudrun und ihre Geschwister schon in Deutschland auf die Welt. Gudruns Bruder wurde Handwerker und gründete eine Umzugsfirma, ihre Schwester, das Hätschelkind der Großeltern, ging zurück nach Polen und trat in den Orden der Ursulinen ein, wo sie Hauswirtschaft unterrichtete. Gudrun suchte eine Karriere bei der Polizei, weil sie sich, anders als ihre Geschwister, in der Rolle einer Kämpferin sah, die aktiv für Recht und Gerechtigkeit eintreten und die Werte von Familie und Vaterland hochhalten wollte.

Sie hatte, wie alle anderen in der Abteilung auch, Zugang zu vielen Informationen über die linke Szene. Die Abfrage und Pflege einschlägiger Datenbanken gehörte zu ihren Aufgaben. Deshalb konnte nie zweifelsfrei festgestellt werden, ob sie ihrem gedemütigten Kollegen Adressen, Profile und persönliche Daten von Leuten verschafft hatte, die mit dem Merkmal *Haus Isartalstraße* getaggt waren. Dazu gehörten nicht nur Bewohner, sondern auch Freunde, Stammgäste und sonstige Verbündete. Abends saß Röhricht am Computer und verfasste Briefe, in denen er die überlegenen Polizeierkenntnisse spielen ließ. Er firmierte als *Zentrum für politische Hygiene*, drohte mit robusten Maßnahmen gegen *linksradikales Gesindel*. Sie stünden auf der *Abschussliste*, man habe sie alle *im Visier*. Wie durchschlagskräftig seine Möglichkeiten waren, machte er klar, indem er den Adressaten keine Niedertracht ersparte. Von versuchtem Versicherungsbetrug und Hepatitis C über Kinderfickerei bis zu Psoriasis am Hodensack führte er alle intimen Einblicke ins Feld, die ihm zu Gebote standen. Er wollte dem Pack einen gehörigen Schrecken einjagen, sie sollten das Gefühl bekommen, auf Schritt und Tritt überwacht zu werden.

Röhrichts Aktivitäten erzeugten nicht nur empörte Presseberichte, sondern auch positive Resonanz im eigenen Apparat. Einige konnten sich mühelos zusammenreimen, wie dieses Dauerfeuer zustande kam, unter das die linke Szene plötzlich gesetzt wurde. Durch das Gejammere der Öffentlichkeit fühlte man sich eher bestärkt. Röhricht erhielt einen diskreten Wink, gepaart mit Lob, und das Angebot, sich mit Kollegen in Kontakt zu setzen, denen ein entschiedeneres Vorgehen gegen Linksradikale über die dienstlichen Pflichten hinaus ebenfalls ein Anliegen war.

Röhricht begnügte sich nicht mehr damit, die ihm zugespielten Daten zu beackern, er organisierte sich. Maßgeblich in seinen Kreisen war eine Gruppe, die unter dem Namen *Judge Dredd* firmierte und deren Mitglieder in einer Chat-Gruppe zusammengeschlossen waren.

10

Halder blickte auf.

»Judge Dredd, sagt Ihnen der Name etwas?«

Verblüfft sah Glöckler in den Rückspiegel. »Wie kommen Sie denn auf den?«

Halder hob seine Akte.

»Ach so!« Glöckler überlegte, wie man die Charakterisierung in ein Dienstgespräch packen konnte. »Ist eine Comic-Figur, erzählt wird eine Zukunftsvision. Judge Dredd ist ein Klon, der Verbrecher aufspürt und Urteile eigenhändig vollstreckt. Ein Helm bedeckt sein Gesicht, er erledigt alles unerkannt. ›I am the law!‹ ist sein Motto. Die Geschichte ist auch schon verfilmt worden.«

»Danke.«

Halder zuckte die Achseln und beugte sich wieder über seine Unterlagen.

Die *Judge-Dredd*-Gruppe veranstaltete auch wirkliche Treffen, Starkbieranstich in der Perlacher Versuchsbrauerei, Rafting in Österreich oder auch ein monatlicher Stammtisch im Augustiner.

Bald trug Röhricht die verschnörkelten Initialen JD auf seinem Unterarm tätowiert. Auch gelang es ihm, Gudrun zu einigen Treffen und Freizeitaktivitäten der Gruppe mitzunehmen.

Halder blätterte nach vorne und ließ die Seiten durch seine Finger gleiten. Er hatte den Ermordeten nicht persönlich gekannt, konnte aber sein Verhalten durchaus nachvollziehen und hielt Kommissar Röhricht im Kern für einen guten Kerl. Ohne Zweifel, Vereinigungen wie *Judge Dredd* waren grobschlächtig, hier sammelten sich Wirrköpfe, die weit über das Ziel hinausschossen. Aber diese Leute hatten in ihrem Berufsalltag Erfahrungen gemacht, die sich mit dem, was in der Öffentlichkeit verhandelt wurde, nicht mehr in Übereinstimmung bringen ließen. Polizisten waren mit Personen konfrontiert, die die Regeln unseres Gemeinwesens nicht befolgten, mit Randalierern, Gewalttätern, Asozialen, Verbrechern und illegalen Migranten. Ständig mussten sie miterleben, wie unsere rechtsstaatlichen Mittel als Kampfinstrumente gegen die eingesetzt wurden, die die öffentliche Ordnung aufrechtzuerhalten suchten. Die Wehrlosigkeit des Staates erzeugte Unverständnis und durchkreuzte das eigene Bemühen, nicht nur Arbeit abzuliefern, sondern Dienst an der Sache.

Ausgerechnet Aktivisten, die Polizeibeamte mit Molotowcocktails und Steinen bewarfen, die Schaufensterscheiben zertrümmerten und Einsatzfahrzeuge anzündeten, beanspruchten hinterher den größtmöglichen Schutz durch Recht und Gesetz. Dasselbe galt für Migranten. Freilich hatten sie eine dramatische Biografie und unmenschliche Fluchtbedingungen auf dem Buckel, aber wenn sie hier eintrafen, wurde gelogen und betrogen, um sich den gewünschten Zugang in unser Land zu verschaffen. Wenn sie es zumindest vorübergehend geschafft hatten, waren sie überfordert von der Freizügigkeit und dem Laisser-faire unseres Alltagslebens. Kurze Röcke, tiefe Ausschnitte, Körperbetonung eben brachte einige dazu, die Kontrolle zu verlieren – Beispiele konnte man täglich in der Zeitung lesen oder im Internet gepostet finden.

Natürlich musste man versuchen, an Freiheit, Gleichheit, Brüderlichkeit und allen daraus abgeleiteten demokratischen Regeln und Menschenrechten festzuhalten, weitgehend zumindest und immer in dem Bewusstsein, dass sie der abendländischen Kultur entsprungen waren und ihre Geltung somit an deren Grenzen endete. Fremde, die in ihrer heimatlichen Umgebung nie davon Gebrauch machen würden, richteten, um hierzulande Fuß zu fassen, solche Werte gegen die Urheber, um sie mit ihren eigenen Waffen zu schlagen. In Wahrheit war ein Verteilungskampf ausgebrochen, bei dem sich die Angreifer jedes Mittels bedienten, das sich ihnen bot, während die Angegriffenen sich auf den Nebenschauplatz des moralischen Räsonnements abdrängen ließen.

Durch eine linksliberale Öffentlichkeit unter Beschuss gesetzt, verzichtete der Rechtsstaat auf seine Wehrhaftigkeit und erging sich in hinhaltenden Prozeduren, unentschieden zwischen Aufnahme und Zurückweisung, weil man mit solchen Verschleppungen Unvereinbares miteinander befrieden wollte: unsere demokratischen Werte und die Ansprüche der Eindringlinge. Dabei genügte schon der Augenschein, dass das, was für uns verbindlich war, nicht für die andere Seite galt. Migranten bauten ihre eigene Kultur nach, pflegten ihren Kleidungsstil, ihren autoritären Umgang mit Frauen und Kindern, praktizierten

Zwangsehen, übten Blutrache, errichteten ihre Schulen und Gotteshäuser und kauften in ihren Läden.

Der schlimmste Irrglaube war die Annahme, dass es eine Geschichte der Menschheit gebe, die in einer egalitär-demokratischen Gesellschaft gipfle und in unserem Parlament ausgesessen werde. Es existierte aber nicht die eine Geschichte der Menschheit, sondern nur die Geschichte unterschiedlicher Kulturen. Kulturen konnten einander unterwerfen, überlagern und wechselseitig Einschlüsse bilden, eine friedliche Vermischung jedoch hatte nie stattgefunden.

Halder holte tief Luft wie einer, der sich anschickte, Haltung anzunehmen, gab dann aber im Ausatmen seiner Erschlaffung nach.

Ein sinnloser Kampf!

Was Leuten wie Röhricht fehlte, war geistige Führung, die die Brutalität ihres Berufsalltags nicht mit frommen Sprüchen oder stümperhaften Aktionen aus der Welt zu schaffen versuchte. Als könne man einen Schweinskopf kosmetisch aufhübschen! Lächerlich! Einen Berufsstand wie den der Metzger baute es niemals moralisch auf, sich Lebensweisheiten des Vegetarismus zu Gemüte zu führen. Wen also konnte es wundern, dass ein unausgegorener Nationalismus unter in der Regel einfach gestrickten Polizisten Raum griff? Die Reaktion an und für sich war gesund, die Formen, zu denen sie sich aufwarf, dürftig. Hier hätte man eigentlich ansetzen müssen.

11

Auch Kommissarin Gudrun Korsukiewicz war befragt worden. Sie räumte ein, mit dem Ermordeten in einer engeren Beziehung gestanden zu haben. Sie seien verlobt gewesen.

Verlobt?

Demnach hatte es Röhricht doch geschafft, die Kollegin herumzukriegen. Verlobt, das hieß doch nichts anderes, als dass die beiden im Bett gewesen waren. Halder strich sich das Kinn. *HWG* kam ihm urplötzlich in den Sinn. Sein Vater hatte dieses Kürzel so verächtlich herausgeschleudert, dass man den Eindruck gewinnen musste, er wolle ihm noch hinterherspucken. Er studierte damals gerade die Tageszeitung und erregte sich über die schmeichelhafte Charakterisierung eines Angeklagten, dem er den Prozess machte. Was es denn an ihm auszusetzen gebe, fragte seine Frau. *HWG*! Lange wendete Halder die drei Buchstaben hin und her, bis ihm endlich aufging – der Abscheu seines Vaters musste ja eine plausible Erklärung finden –, dass es *häufig wechselnden Geschlechtsverkehr* bezeichnete. Die Vorstellung löste in dem Frühpubertierenden einen atemlosen Bilderandrang aus, bei dem nackte Leiber wie Fischschwärme dahinzogen und zuckten.

Röhricht hatte sich also verlobt! In Halder bildete sich eine lebhafte Vorstellung davon, wie der Kommissar das hinbekommen hatte und unversehens in eine der besten Phasen seines Lebens hineingerutscht war.

Röhricht genoss Anerkennung vonseiten der Kameraden, vor allem aber spürte er, dass Gudrun ihm gegenüber immer geneigter wurde und er Chancen auf Platz eins hatte. Aufmerksam verfolgte er ihre Klagen, dass sich ihr Freund in einer fast schon beleidigenden Unschlüssigkeit nicht dazu bereitfinden wollte, endlich den in Aussicht gestellten Heiratsantrag zu machen. Sie gab Röhricht auch zu verstehen, wie sehr sie seine Zurückhaltung schätze, wie gut es sich anfühle, von ihm nicht bedrängt zu werden. Er sei ein wirklich guter Freund!

Tatsächlich befand sich Röhricht in einem dauergeilen Zustand, wenn er mit Gudrun zusammen war. Noch nie hatte er so oft Hand angelegt. Aber wenn es darauf ankam, war Röhricht schlau genug, Gudrun sein Begehren nicht spüren zu lassen. Sie war zwar schon weit von religiös-konfessioneller Gebundenheit entfernt, aber immer noch stark moralisch eingefriedet. Sie würde nie mit mehr als einem Mann intim werden, hier galt die versprochene Treue. Er wollte warten, bis der Apfel vom Stamm fiel.

Auf einer Bergwanderung in Österreich, die sie mit ein paar aus der *Judge-Dredd*-Gruppe unternahmen – Gudrun tarnte solche Ausflüge als Teambuilding-Maßnahme unter LKA-Kollegen –, lief Röhricht hinter ihr den schmalen Bergpfad hinauf. Mitansehen zu müssen, wie sich in ihren engen Sporthosen die gut gepolsterten Pobacken hoben und senkten, quälte ihn und er entschloss sich, bei nächster Gelegenheit zum Angriff überzugehen. Er wusste allerdings, dass es nur eine Möglichkeit gab, um ans Ziel zu gelangen.

Ein Heiratsantrag war der Rammbock, mit dem er das verschlossene Tor einrannte. Die Nacht mit ihr hinterher rechtfertigte alle damit verbundenen Verpflichtungen. Wenn das ein Vorgeschmack auf die Ehe war, dann war das häusliche Leben ein verwegenes Abenteuer.

Halder fühlte sich in seinen Vermutungen bestätigt. Die Demütigung durch die Linksradikalen hatte eine erstaunliche Wendung im Leben Röhrichts eingeleitet: Er riss nicht mehr stumpf seinen Dienst herunter nach dem Motto *Augen zu und durch!*, denn untergründig schimmerte durch alle Alltagsaktionen die Selbstermächtigung, die seine Arbeit mit einem Sinn erfüllte, den er noch dazu mit anderen teilte. Selbstachtung, Ehre und Recht – er hatte sein Leben nach dem Bild eines Schwertkämpfers umgestaltet.

Allerdings war die andere Seite nicht untätig geblieben. Nach dem bekannten Muster sendeten die angegriffenen Linksradikalen die Botschaft der beschädigten Bürgerrechte in die Öffentlichkeit. Willfährige Journalisten recherchierten und machten den Fall zum Skandal. Wie so oft geriet die Behörde unter Druck und beeilte sich, Ergebnisse zu liefern, die den Kritikern den Wind aus den Segeln nehmen konnten.

Letztendlich war es dann das digitale Wasserzeichen, das die Ermittler auf die richtige Spur brachte. Farblaser fügen jedem Ausdruck einen Identifikationscode bei, über den das benutzte Gerät ausfindig gemacht werden kann. Es stand in Röhrichts Abteilung im Druckerraum des ersten Stockwerks. Bei der anschließenden Durchsuchung seiner Wohnung fanden die Kollegen den USB-Stick, mit dem Röhricht seine zu Hause geschriebenen Texte in die Arbeit brachte, um sie sauber ausdrucken zu können. Zwar waren dort auch die aus der Auswerteeinheit des Staatsschutzes stammenden Daten gespeichert, allerdings hatte sie Röhricht konvertiert und weiterbearbeitet, so dass sich nicht mehr nachvollziehen ließ, wer sie wo mit welcher Zugangsberechtigung abgefragt hatte.

Röhricht machte ein Geständnis und nahm alle Schuld auf sich, nur so ließ sich verhindern, dass seine Kameraden und vor allem seine Geliebte mit ins Visier der Untersuchung gerieten. Er zog sich mit einer Geldstrafe über 2.000 Euro aus der Affäre. Allerdings wurde er vom LKA in die Polizeiinspektion 13 zurückversetzt. Der Weg für höhere Aufgaben war damit versperrt.

12

Der Stau begann sich aufzulösen, und Glöckler konnte den schweren Wagen wieder beschleunigen. Halder grübelte und schaute verhangenen Blicks in ein diesiges Irgendwo, das seinem Kopf entsprang. Schwertkämpfer! Eben hatte er noch geglaubt, über Röhricht nachzudenken, als sich dann aber der Nebel lichtete und die Konturen schärfer wurden, trat sein Vater hervor. Wie in seinen Träumen war Erwin

Halder gepanzert, mit langem Spieß und gegürtetem Schwert unbeholfen stakend wie das Robotermodell in *Fox Tönender Wochenschau,* dabei gestützt auf Alf, seinen Hausdiener, der grüne Hosen, ein rotes Wams und eine ebensolche Mütze trug.

Erwin Halder war Mitglied von Hitlers Leibstandarte gewesen. Nationalsozialist aus Überzeugung, besser: aus tiefstem Herzen. Erwin Halder war stolz, dem Führer direkt dienen zu dürfen. *Meine Ehre heißt Treue.*

Hatte er das je so gesagt? Niemals, jedenfalls nicht in Gegenwart seines Sohnes! Sich zu offenbaren hätte sein Selbstbild beschädigt. Geständnisse waren Geschwätz, man machte das mit sich selbst ab. Außerdem hätte es seine juristische Laufbahn behindert.

Aber Halders Großmutter redete gern und viel über diese Zeit. Ausschließlich rein Persönliches und die Familie Betreffendes, alles andere sei ihr als Hausfrau und Mutter nicht zugänglich gewesen, sagte sie. Die große Politik, meinte sie. Mit Bezichtigungen sei man schnell zur Hand. Natürlich habe man sich so manches erzählt, aber wer wusste schon Genaues? Erwin sei ein hübscher Junge gewesen, auf den sie es von Anfang an abgesehen hatten. Sportlich, hell im Kopf. Natürlich habe man so einen zu den Besten holen wollen.

Wer waren sie?

Eine wolkige Bezeichnung für die Selbstverständlichkeit der Macht. Sie, das waren Leute, die das Sagen hatten, die bewerteten und aussortierten, die dazugehörten.

Den Nachweis ihrer einwandfreien Abstammung bis ins 18. Jahrhundert zurück konnte die Familie liefern. Alles sauber. Erwin war groß, gut gebaut, hatte den langgezogenen Schädel, den Kurt von ihm erben würde, allerdings gewelltes dunkles Haar, weswegen er nur als vorwiegend nordisch durchging. Bald schon durfte er als Anwärter die schwarze Uniform tragen, allerdings noch ohne Kragenspiegel. Seine Pflichtzeit absolvierte er anstandslos und wurde nun vollwertiger Mann. Dann ging es ganz schnell, er wurde Scharführer, später sogar Untersturmführer und schaffte schließlich den Sprung in Hitlers Leibstandarte.

In der linken Achselhöhle war Erwins Blutgruppe eintätowiert. Kurt hatte die dort befindliche Null selbst gesehen, als sein Vater kurz vor seinem Tod im Krankenhaus lag und sich mit seinen mageren Armen im Bett hochzuziehen versuchte. Allerdings war die Tätowierung verblichen, wirkte wie ein Muttermal auf der faltigen alten Haut. Schon deshalb war wohl sein Vater früher nie mit ihm ins Schwimmbad gegangen. Kurts innerem Bild nach trug er ausschließlich weißes Hemd und Krawatte, meist mit Sakko.

SS-Leute waren die Elite, alle empfanden das so wie Kurts Großmutter. Im Gefecht draufgängerisch und tapfer, sie wussten schließlich, dass sie als Gefangene in Feindeshand kein Pardon zu gewärtigen hatten. Man machte kurzen Prozess mit ihnen. Der SS-Mann war daher schwermütig, im besten Fall trotzig, weil schicksalsergeben, düster und vor allem treu.

Nibelungentreu!

Halder sinnierte diesen Charakterisierungen hinterher. Im Bücherschrank seiner Eltern stand das Nibelungenlied in einer schweinsledergebundenen Prachtausgabe. Die besondere Beziehung seines Vaters zu diesem Stoff wurde schon dadurch deutlich, dass sich seine Lektüre für gewöhnlich auf juristische Werke konzentrierte. Doch in diesem Buch blätterte er hin und wieder. Es war wie eine mittelalterliche Bibelreproduktion aufgemacht, mit verschnörkelten Initialen und Vignetten verziert. Zentrale Motive waren in Illustrationen festgehalten. Hochgewachsene, fellbehangene Recken mit Flügelhelmen, Frauen mit langen, von einem Diadem zusammengehaltenen Haaren in weiten Gewändern, kleinwüchsige Hunnen.

Als Junge vermochte sich Halder durchaus für das Epos zu begeistern, schließlich wurde von Helden und Schwertkämpfen erzählt. Wenn man sich allerdings von seiner Phantasie in das Werk hineintragen ließ, taten sich Fragen wie Abgründe auf, unergründlich und beängstigend, Fragen, auf die er keine Antwort bekam. Vielleicht weil solche Antworten Grausamkeiten der Erwachsenenwelt beinhaltet hätten, zu denen er noch keinen Zugang hatte?

Warum musste gerade Siegfried sterben? Falk, Tibor oder Sigurd überlebten immer. Warum erschlugen sich Männer, die vor kurzem noch gut Freund gewesen waren? Warum musste diese Geschichte in einem Gemetzel enden, nach dem keiner mehr übrig blieb, dem man Sympathie hätte entgegenbringen können?

Heute war er sicher, es gab diese Antworten nicht. Ein mittelalterliches Epos war noch zu keiner psychologischen Zeichnung seiner Figuren in der Lage. Die Personen handelten nicht verstandesgeleitet, sie taten, was sie tun mussten. Es gab keine abgestufte Innensicht, sondern nur die Macht von Mechanismen, die Zwänge der höfischen Gesellschaft und den Antrieb meist plumper Leidenschaften wie Übertrumpfungswille, Gier und Hass. Treue war nur ein anderes Wort für diesen Zwang und die Unfähigkeit der Handelnden, ihn abzustreifen.

Warum entschloss sich Hagen, mit ins Hunnenland zu reisen, obwohl er doch wusste, dass dieses Abenteuer für sie alle tödlich enden würde? Spätestens nachdem er den Kaplan in die Donau geworfen hatte und der sich hatte retten können, gewann die Weissagung der Wasserfrauen ihr volles Gewicht. Die heldischen Nibelungen kamen erst zu sich, wenn sie gegen das über sie verhängte Los angingen. An diesem germanischen Mythos musste Erwin Halder festgehalten haben. Wie sonst hätte er es bewerkstelligen können, sich nach der militärischen Katastrophe bei Stalingrad zur Rückeroberung Charkows in die Schlacht zu werfen? Antworten auf solche Fragen gaben weder Hagen von Tronje noch Erwin Halder. Die Zwänge, die seinen Vater leiteten, mochten ganz anderer Art sein, aber sie hatten genauso wenig psychologische Tiefe wie die Figur eines mittelalterlichen Epos. Man tat, was man tun musste.

Halder tippte Glöckler auf die Schulter. »Tut mir leid, Glöckler, aber könnten Sie bei nächster Gelegenheit einen Parkplatz ansteuern?«

Glöckler nickte. Er fuhr nach einer Weile ab und parkte den Wagen auf dem Behindertenplatz, der am nächsten zur Toilette lag. Halder griff in die Seitenablage und holte seine Reisehandschuhe hervor. Er fasste Toilettengriffe nie ungeschützt an, schon gar nicht solche, die massenhaft von Fernfahrern benutzt worden waren. An Keimen war auf ihnen alles versammelt, was im Moment an Infektionskrankheiten umging.

»Kaffee?«, fragte Glöckler, als er zurückkam.

Halder nahm an und erhielt eine Tasse heißen Kaffee aus der Thermoskanne gereicht. Die Sorge um ihn verschaffte ihm ein gutes Gefühl. Auch sein Vater hatte sich von Alf, seinem Faktotum, umsorgen lassen, der Chauffeur, Diener und Bote in einer Person war. Ein buckliger Zwerg, aber flink und von rascher Auffassungsgabe, die Wünsche seines Herrn betreffend. Ob er wirklich Alf hieß oder sein Name der nordischen Mythologie entlehnt war, wusste Halder nicht. In seinen Träumen traten die beiden stets gemeinsam auf.

Sie fuhren wieder los. Der Verkehr auf der Autobahn war nun weitgehend störungsfrei. Halder widmete sich erneut seinen Unterlagen.

Wie blind musste man sein, diesen guten Kern bei einem Menschen wie Röhricht nicht zu sehen? Außerdem war er in seiner heillosen Aktion, ohne sich darüber klar zu sein, auf etwas sehr Wertvolles gestoßen. Eine Information wie pures Gold, die alle anderen übersehen hatten, denn es bedurfte eines scharfen Blicks, um ihre Bedeutung erkennen zu können.

13

Ein älterer Mann stieg am Baldeplatz in München aus dem Bus und sah sich um. Dann bemerkte er seinen Freund, der im Bushäuschen stand. Die beiden gingen aufeinander zu, umarmten sich und klopften sich nach Männerart den Buckel ab.

»Hallo Mick!«

»Servus Fritz!«

Beide waren im selben Alter, auch ihrer Physiognomie nach waren sie sich ähnlich, drahtig, faltig, offenbar noch gut in Schuss – zwei flotte Senioren. Nur bei Mick wölbte sich ein Feinschmeckerbäuchlein nach vorne, weswegen seine Leinenhose von Hosenträgern gehalten wurde.

»Wir essen schon etwas, oder?«, fragte Fritz.

»Schon aus Solidaritätsgründen«, erwiderte Mick.

Gemeinsam gingen sie zur Isartalstraße und dort Richtung Süden. Bald danach betraten sie das *Café Isartal,* in dem schon Mittagsbetrieb herrschte. Auch aus den umliegenden Büros kamen Gäste zum Lunch. Moni, die Kellnerin, eine junge Frau im bunten Pullover mit Dreadlocks, die zu einem Bienenkorb hochgesteckt waren, winkte den beiden freundlich zu und deutete auf einen kleinen Tisch am Fenster.

»Euer Lieblingstisch wäre noch frei!«

Sie setzten sich und studierten die Karte.

»Linsen, afghanisch – das ist ja mal was«, sagte Fritz.

»Ich nehme das Hühnchen. Kleines Bier?«, fragte Mick lauernd. Wenn Fritz nicht mitmachte, wurde nichts draus. Der aber nickte.

Mick nahm die Lesebrille ab und klappte sie ein.

»Die kannst du gleich aufbehalten, Mick, dann können wir mal unsere Briefe austauschen.«

»Genau. Gib doch mal her!«

Beide zogen einen Brief aus der Tasche und legten ihn vor sich auf den Tisch. Umschlag und Beschriftung waren gleich. Auch das Datum des Poststempels, ausgefertigt im Briefzentrum München. Moni brachte die Getränke.

»Genau so sehen unsere Briefe auch aus«, sagte sie. »Habt ihr euch schon mit Harenbergs Kanzlei in Verbindung gesetzt?«

»Freilich«, erwiderte Mick.

»Wir können ja nachher noch darüber reden. Roger und Ludwig haben jetzt in der Küche alle Hände voll zu tun.«

Fritz zog den Brief aus dem Umschlag und las. Immer wieder schüttelte er den Kopf. »Unglaublich! Woher haben die dein Foto und deine ganzen Daten vom Autokennzeichen bis zur Leistenoperation? Die Drohung, alles an Rechtsradikale weiterzugeben, schau, bei mir wortwörtlich gleich!«

»Wenn du mich fragst: Der anonyme Schmierfink kommt aus dem Polizeiapparat. Nur dort ist das alles gesammelt.«

»Sollen wir das normal finden, dass die unsere Krankheiten, Namen unserer Freundinnen und Hunde, Versicherungen und so fort vorhalten? Schon das ist ein Skandal!«

»Mann, Fritz! Ich leide nicht unter Paranoia, aber hast du wirklich etwas anderes erwartet?«

»Wieso eigentlich wir? Nebenan haben sie mal mein Fahrrad repariert, wir treffen uns manchmal zum Essen hier.«

Mick grinste. »Wir sind nur noch Sympathisanten. Aus Altersgründen.«

»Veteranen, die keinem mehr was zuleide tun!«

Sie stießen an.

»Was mir aber wirklich zu schaffen macht, ist diese

Wehrlosigkeit. Dass man das einfach so hinnehmen muss«, sagte Mick.

»Erinnerst du dich noch an Tom?«

»Den Schreiner? Den wir samstags immer zum Fußballspielen getroffen haben?«

»Genau.«

»Was ist mit ihm?«

»Seine Frau ist doch bei der Staatsanwaltschaft. Vielleicht hauen wir sie mal an, ob sie uns zum Namen dieses Drohbriefschreibers verhelfen könnte?«

Mick schüttelte den Kopf. »Die ist doch schon längst pensioniert!«

14

Als Halder auf die Namen von Michael Löwenberg und Fritz Uhlbeck stieß, klingelten bei ihm die Alarmglocken. Genaueres erinnerte er nicht mehr, aber er war den beiden bereits einmal in einem anderen Fahndungszusammenhang begegnet. Er wollte verhindern, dass irgendjemand sonst Wind von der Sache bekam und setzte sich selbst an den Rechner, um in den verschiedenen Datenbanken, die dem Amt zur Verfügung standen, seinem Verdacht nachzugehen. Tatsächlich wurde er fündig in einer nur mehr selten genutzten Informationsquelle, deren Fundus in Teilen noch aus Daten bestand, die der ehemalige BKA-Präsident Herold angelegt hatte. Diesen umständlichen Weg, da war Halder sicher, würde sonst niemand gehen.

Das Dossier, das er herausfilterte, konnte sich sehen lassen. Fritz Uhlbeck war schon im November 1974 im Verlauf der bundesweiten Polizeiaktion *Winterreise* erstmals festgenommen worden. Die Behörden war es darum zu tun, der Unterstützerszene der RAF einen entscheidenden Schlag zu versetzen. Hunderte von Polizisten rückten in einer Vielzahl von Städten aus, um in den frühen Morgenstunden Durchsuchungen und Festnahmen vorzunehmen. Uhlbeck stand schon lange auf der Liste, ein anonymer Informant hatte angegeben, er mache Versuche mit Sprengstoff. Uhlbeck wurde dem Kreis um die *Tupamaros München* zugeordnet, die Anfang der siebziger Jahre einige Sprengstoff- und Brandanschläge verübt hatten. Er war über einen längeren Zeitraum observiert worden und bewegte sich zwischen verschiedenen Wohnungen, die er in München als Mitmieter innehatte. Man fand zwar einschlägiges Propagandamaterial bei ihm, beispielsweise die Zellenzirkulare der RAF-Häftlinge, aber weder Waffen noch Sprengstoff. Eine junge Frau in einer seiner Wohnungen versuchte, ihm ein falsches Alibi zu verschaffen, er hatte jedoch nachweislich die Nacht in einer anderen Wohnung verbracht. Uhlbeck blieb auf der Liste, allerdings musste das Verfahren gegen ihn mangels Beweisen vorläufig eingestellt werden.

Im Fall von Löwenberg zog Halder ebenfalls Interessantes aus den Dateien. Er stand mit Uhlbeck in ständigem Kontakt, beide hatten gleichzeitig ein Studium der Soziologie begonnen. Veranstaltungen besuchten sie gemeinsam, auch die Auswahl von Nebenfächern trafen sie einvernehmlich. Löwenberg arbeitete in der Roten Hilfe, einer Organisation, die sich um festgenommene Gesinnungsgenossen kümmerte und von der bereits einige Aktivisten in den Untergrund gegangen waren. Auch bei Löwenberg fand man nichts Nennenswertes außer einem Topf mit Cannabispflanzen und einer kleinen Kaffeemühle, die Andreas Baader als Hilfsmittel angeraten hatte, um Sprengstoff herzustellen.

Beide standen lange im Fokus der Fahnder, wo immer und wann immer Aktionen und Ausschreitungen zu vermerken waren, tauchten beide auf. Allerdings nur am Rande, massiv Belastendes konnte nie vorgebracht werden, aber sicher war soviel: Beide waren dabei und gehörten dem Kreis der Sympathisanten der RAF an.

Später dann, Ende der achtziger Jahre, schienen sich Uhlbeck und Löwenberg in ein bürgerliches Leben verabschiedet zu haben. Der eine gründete eine Familie, der andere zeugte Kinder. Uhlbeck hatte sich frühzeitig der Computertechnik zugewandt und verdiente als Programmierer gutes Geld, Löwenberg gründete mit Partnern eine Firma, die verschiedene Bars und Lokale in München betrieb. Umkehr oder Tarnung? Schwer zu sagen. Die Anhaftung an die linksradikale Szene blieb immer bestehen. Man kannte sie, niemand wäre auf die Idee gekommen, sie als Spitzel zu verdächtigen. Sie gaben sich so harmlos wie Maskottchen, waren aber mit ihrer Erfahrung und ihrer Autorität, die sich noch von der RAF herleitete, eher Einflüsterer, Spiritus Rector der sich immer wieder verjüngenden linksradikalen Bewegung. Fast zwangsläufig fand man sie im Freundeskreis des *Café Isartal* wieder. Dass der ermordete Röhricht sie in die Liste der Personen aufgenommen hatte, die er mit seinen Briefen verfolgte, war durchaus nachvollziehbar.

Eines vor allem fiel Halder sofort ins Auge, ein taktisches Merkmal, in dem sich eine Handschrift zeigte: Fast alle linksterroristischen Gruppen in Deutschland waren mit ausufernden weltanschaulichen Begründungen und Manifesten an die Öffentlichkeit getreten. Nicht so die *Tupamaros München*. Außer kurzen Bekennerschreiben wurde nichts von ihnen bekannt. Und genau dieses Muster, so glaubte Halder, wiederholte sich in den Aktionen des *Fight Club Munich*.

Der Bogen, den Halder mit dieser Hypothese spannte, war ermittlungshistorisch faszinierend, er reichte vom Linksterrorismus der siebziger Jahre bis in die Gegenwart. Für ambitionierte Geheimdienstleute wie ihn war der Kampf gegen solche Überzeugungstäter immer noch die

Königsdisziplin. Der Gegner hatte sich kundig gemacht und polizeiliche Methoden studiert, dazu war er intelligent und rechtfertigte seine Taten weltanschaulich. Die gewalttätige Rechte war demgegenüber plump. Die Kerle tankten Bier, bis alle Hemmungen fielen, und schlugen dann zu.

Halder aber bot sich nun Handhabe, ein vergiftetes Erbe endgültig aus der Welt zu schaffen. Wie ein Phantom war die RAF 1998 urplötzlich von der Bildfläche verschwunden. Einige ihrer Protagonisten waren nie zur Rechenschaft gezogen worden. Ob sie ihre Expertise einbrachten, um neue veränderte Strukturen im Kampf gegen den Staat zu schaffen, blieb ungewiss. Halder dachte gern in großen Zusammenhängen und hatte ein Gespür dafür, was es bedeutete, Geschichte am Rockzipfel zu packen. Um sich und seine Ideen vor unerwünschten Zugriffen zu schützen, machte er den Fall zur Chefsache und gewährte nur Vertrauenspersonen Zugang. Im Haus hätte er einige zu nennen gewusst, die jede Gelegenheit nutzten, um sich mit fremden Federn zu schmücken.

Allerdings war eine Annahme, und sei sie auch von faszinierender Plausibilität, nichts wert, wenn sie sich nicht erhärten ließ. Hier wurde Halder selbst initiativ. Er ordnete die Observierung von Uhlbeck und Löwenberg an. Den Zusammenhang mit dem mutmaßlichen Mord an Röhricht behielt Halder für sich. Als Ziel gab er vor, Mitgliedern des *Fight Club Munich* auf der Spur zu bleiben.

15

Halders Smartphone vibrierte auf dem ausgeklappten Tischchen. Wie ein Medaillon erschien das Foto von Anke Born, seiner Sekretärin, auf dem Display.

»Er hat eine Pressekonferenz anberaumt.«

Frau Born wirkte hörbar erregt. Halder tauchte nur langsam aus den Tiefen des Falls Nordring auf.

»Moment mal, eins nach dem anderen: Wer hat was anberaumt?«

»Rohleder natürlich. Er sagt, er habe bei einem Telefonat mit dem Minister den Vorwurf herausgehört, dass der sich in der Flüchtlingsfrage eine deutlichere Unterstützung von den Ermittlungsbehörden wünschen würde. Jetzt will Rohleder selbst nachlegen.«

Dieser Intrigant! Dabei war Halder seinem Dienstherrn entschieden genug beigesprungen. Aber darum ging es hier nicht. Kaum begab er sich auf Dienstreise, versuchte Rohleder, sich in den Vordergrund zu spielen. Diesmal mit der Nummer: Wie man einen Minister so richtig glücklich macht.

Den Kerl hatten sie ihm wie eine Laus in den Pelz gesetzt. Rohleder kam aus dem Osten, wo er eigenem Bekunden nach Frondienst ableisten musste. Ursprünglich hatte er auf einem komfortablen Posten als Ministerialrat im Innenministerium gesessen und war dort für den Bereich *Organisierte Kriminalität* zuständig. In den neunziger Jahren sei er dann nach Erfurt abkommandiert worden, weil man beim Aufbau des dortigen Verfassungsschutzes einen Spitzenmann benötigt habe: *Abordnung mit dem Ziele der Versetzung unter gleichzeitiger Abgabe einer Rückkehrzusage.*

Als Halder seinen Dienst antrat und sein neues Büro in Augenschein nehmen wollte, saß Rohleder hinter dem Schreibtisch. Man habe ihm diesen Posten zugesagt. Halder ließ sich auf keine Diskussion ein, machte auf dem Absatz kehrt und rief den Minister an. Er solle in dieser Sache Klarheit schaffen. Staatssekretär Sifferling bekniete Halder, die Situation zumindest vorläufig zu akzeptieren und sich die Leitung des Amts mit Rohleder zu teilen. Halder lehnte rundweg ab. In diesem Fall wolle er auf seine frühere Stelle zurückkehren, er verzichte auf Beförderungen dieser Art. Nach einer Woche war die Sache entschieden, und Halder bezog das Chefbüro. In Rohleder war ihm jedoch im Haus ein ständiger Unruhestifter und Widersacher erwachsen.

In Halder arbeitete es, dann reagierte er rasch und entschieden.

»Diesem Zirkus wird auf der Stelle Einhalt geboten. Stell mich zu Lieberwitz durch, Anke!«

Glöckler hatte die schlechte Stimmung mitbekommen. Halders Mund war nur noch ein messerscharfer Strich.

»Lieberwitz? Hör zu: Die von Rohleder angekündigte Pressekonferenz findet nicht statt. Ich behalte mir als Präsident des Amts selbst vor, sofern nötig, zu solchen Themen Stellung zu nehmen. Nach Abschluss meiner Dienstreise.«

Lieberwitz schnaufte noch etwas kurzatmig, er war im Laufschritt ans Telefon geeilt. Anke Borns Ruf quer über den Gang hatte ihn im Kopierraum ereilt. »Und Rohleder? Bringe ich ihm das auf die sanfte oder die harte Tour bei?«

»Das ist eine Dienstanweisung.«

»Alles klar, Chef!«

Halder spürte Hitze im Gesicht. Er spreizte die Finger seiner rechten Hand. Kein Zittern war zu bemerken. Er musste sich diesen Kerl vom Hals schaffen. Aber wie? Was bei anderen Mitarbeitern als Peinlichkeit oder Verfehlung gegolten hätte, verbuchte Rohleder als Heldentat und ging im Amt mit seinen Geschichten hausieren. Er soff, er baggerte Sekretärinnen an und gefiel sich darin, steile Thesen zu vertreten. Er bevorzugte Outdoorklamotten, trug Schnauzer und Kinnbart, dazu seitengescheitelte lange Haare, als sei das Amt eine Bühne, auf der man einen abenteuerlustigen Musketier darstellen durfte.

Halder brütete eine Weile lang vor sich hin. Möglicherweise lief er ins Messer. Aber er musste sich selbst beim

Minister vergewissern. Schließlich griff er kurz entschlossen zum Smartphone.

»Duhm.«

Halder hörte Kaugeräusche. »Hier Halder. Störe ich?«

»Bin beim Essen. Was gibt's?«

»Rohleder…«

»Ist doch alles besprochen. Was ist denn nun schon wieder? Das Abendland ist noch nicht untergegangen, jedenfalls nicht, solange Sie BfV-Präsident sind und ich Innenminister bin.«

Halder versuchte sich an einem höflichen Lachen.

»Rohleders Alarmismus geht mir langsam auf den Senkel«, sagte Duhm.

Augenblicklich bekam Halder Oberwasser, sein Vize versuchte sich mit halbgaren Hinweisen auf die Wünsche ihres Dienstherrn nur einen Auftritt zu verschaffen. »Ganz meine Meinung, mehr wollte ich gar nicht wissen. Im Übrigen wird in den nächsten Wochen unser Bericht zur Sicherheitslage vorgelegt. Ich denke, Sie dürfen sich dort in Ihren Warnungen bestätigt sehen, Herr Minister.«

»Sehr gut. Und Sie? Sind offenbar unterwegs, wie ich höre.«

»Nach München. Es geht um diesen Polizistenmord.«

»Geben Sie Bescheid, wenn es etwas Neues gibt.«

Sie legten auf. Pressekonferenz wird komplett annulliert! Rohleders Reaktion war Halder nun egal. Er habe dem Minister zugesagt, seinen Alarmismus zu dämpfen. Paff, eins in die Fresse! Mal sehen, wie er dann reagierte.

Aber auch Duhms Verhalten war grenzwertig und rührte an alten Empfindlichkeiten. Was sollte dieser alberne Dauerwitz, den er bei jedem Treffen und jedem Telefonat bemühte? Nur weil sich der Minister, in Halders Augen zumindest, blamiert hatte. Vor einem halben Jahr war Duhm auf Einstandsbesuch im Bundesamt gewesen. Halder hatte ihn in sein Zimmer gebeten, dort saßen sie einen Kaffee lang zusammen. Der Minister zeigte auf die Schwarzweißfotografie, die neben Halders Schreibtisch an der Wand hing. Ob das sein Großvater sei? Halder kniff die Augen zusammen. Ähnlichkeit null! Duhms Bildungsniveau ebenfalls.

»Das ist Spengler.«

»Spengler? Muss man den kennen?«

»Oswald Spengler!«

»Gute Güte, ja: Der Untergang des Abendlandes! Darauf warten wir ja auch schon eine Weile, was? Da hat dieser Schwadroneur gehörig danebengehauen.«

Duhm pochte mit den Knöcheln auf den Tisch, dass die Kaffeetassen schepperten. Er war ein kleines Männchen, schmal, in modernen Anzügen mit eng geschnittenen Hosen und Sakkos, die fast in Bauchnabelhöhe endeten, gab aber gerne den Kraftmeier. Das gehörte zum Bild eines zupackenden Innenministers. Halders Augen verengten sich zu Schießscharten. Eigentlich war es ihm mit seinen Vorgesetzten immer so ergangen; sie hatten keine Ahnung. Keine philosophisch-historische Bildung.

Untergang des Abendlandes! Dünnbrettbohrer wie Duhm kannten nur den Titel von Spenglers Hauptwerk und missverstanden ihn gründlich. Warum konnte dieser Mensch nicht einfach eingestehen, dass er nichts wusste? Eine Bitte hätte genügt, und Halder hätte kurz erklärt, wie Spengler das gemeint hatte. Den trotzigen Text dazu hatte er schon lange im Kopf. Natürlich würde das Abendland untergehen, irgendwann, aber nicht heute und nicht morgen. Dieses Schicksal teilte es mit allen anderen Kulturen, sie wuchsen hervor, blühten auf und verfielen wieder. Sie existierten neben- und nacheinander. Keine Kultur stand über der anderen, keine brachte dauerhafte Werte hervor, auch nicht die abendländische, trotz Aufklärung, Humanismus und Demokratie. Kulturen hatten denselben Lebenszyklus, aber sonst waren sie grundverschieden und fügten sich nie zueinander, weil sie aus einer mütterlichen Landschaft hervorwuchsen, in die sie hineingeboren waren. Austausch und wechselseitige Befruchtung waren Fiktion, so undenkbar wie die Vermischung von Schaf und Wolf. Das Aufeinandertreffen verschiedener Kulturen führte immer zu Krieg. Man denke nur an die spanischen Konquistadoren, die die Aztekenkultur vernichteten. Zwischen den beiden herrschte, wie in anderen Fällen auch, vollständiges Nicht-Verstehen.

Kulturen waren einander wesensfremd, aus dieser klar formulierten Analyse hätte einer wie Duhm Erkenntnisse ziehen können, statt Demokratie und Marktwirtschaft in den Himmel ewiger Werte zu erheben.

Und warum sollte man nun ausgerechnet Spengler Glauben schenken?

Weil es ihm gelungen war, künftige Entwicklungen vorherzusagen. Mehr Durchschlagskraft konnte man von einer Theorie nicht erwarten. Seine Prognosen erfüllten sich auf drastische Weise: Der Zweite Weltkrieg! Das imperialistische Ringen der Staaten um Macht in der Endphase einer Kultur! Das Heraufziehen des Finanzkapitalismus!

Und dazu sein Duktus, diese kraftvollen Ansagen, die Stimme, die Halder in seinem Inneren schneidig widerhallen hörte – sie waren es, die Spengler von der Faktenhuberei anderer Historikerkollegen unterschieden. Da wurde nicht um den heißen Brei herumgeredet, nicht gepinselt und getüpfelt, sondern klare Linien gezogen. Kulturen in ihrem Endstadium fielen nicht in sich zusammen, einer Supernova ähnlich explodierten sie und richteten ihre ganze, nun zerstörerische Energie nach außen.

Aber unsere Demokratie?

Sie bot kein Heilmittel, im Gegenteil, sie bewies in dieser Phase ihre Anfälligkeit, jederzeit ins Diktatorische umschlagen zu können. Sie schuf einem sich ausbreitenden *Cäsarismus* Raum, autoritäre Persönlichkeiten tauchten auf, die eine große Machtfülle auf sich vereinigten. USA, Russland, Ungarn, Brasilien – überall drängten sich diktatorische Anführer an die Spitze. Vor allem: Sie usurpierten nicht die Macht, sie wurden gewählt und waren daher gewollt.

Schon gut!

Halder blähte die Backen und ließ die Luft langsam entweichen. Über solche Wahrheiten mit einem Dünnbrettbohrer wie Duhm diskutieren zu wollen, war aussichtslos. Die Politik dieser Leute war ausschließlich auf das unmittelbar Notwendige ausgerichtet, eine Vision über den Tag hinaus fehlte. Schon deswegen irrlichterte das Diktatorische beständig im Hintergrund. Einer würde kommen, diese zaudernde, zu keiner klaren Aktion mehr fähige Kaste beiseiteschieben und dem Selbstbedienungsladen ein Ende setzen. Kraft statt schwiemliger Kompromisse!

Hellsichtige Geister kamen vor allem aus dem Bereich der Exekutive, der ehemalige BKA-Präsident Horst Herold war ein glänzendes Beispiel dafür, aus dem ganz einfachen Grund, weil sie das Scheitern der fortwährenden Flickschusterei tagtäglich am eigenen Leib erfuhren. Aber ausgerechnet denen, die etwas zu sagen hatten, wurde nicht zugehört. Das Licht stand unter dem Scheffel und brannte im Stillen.

Besorgt beobachtete Glöckler das Mienenspiel seines Chefs. Ein Grimassieren. Endlich kehrte Halder in die Gegenwart zurück. A61 Höhe Bassenheim. Er wartete auf die Rückmeldung von Lieberwitz.

16

Lieberwitz war auf einem Bauernhof in der Nähe von Oschatz aufgewachsen. Sein Vater hatte ihn schon als kleinen Jungen zur Mitarbeit angehalten. Auch bei Hausschlachtungen musste Tilo mithelfen. Rinder und Schweine wurden grundsätzlich im Winter verarbeitet. Schon wegen der Schmeißfliegen. Die Metzger arbeiteten draußen im Freien, eine Kühlung war nicht notwendig. Für die Männer stand eine Flasche Brotschnaps bereit. Der Geruch passte zu dem des frischen Blutes und Fleisches. Geflügel wurde auch unter dem Jahr geschlachtet.

Lieberwitz klopfte an Rohleders Zimmertür, öffnete, ohne auf Antwort zu warten, und streckte den Kopf in den Raum. Rohleder ruhte zurückgelehnt in seinem wuchtigen Bürosessel, Marke Senator, karamellfarbenes Rindsleder, und war in den täglichen Pressespiegel des Hauses vertieft. Seiner Schuhe hatte er sich entledigt; die braunen Stiefel mit roten Schuhbändern standen neben dem Schreibtisch. Die Beine lagen gekreuzt auf der Tischfläche. Weiße Tennissocken, auf deren Unterseite sich ein graues Phantombild von Rohleders Fußsohlen abzeichnete. Vorne neben der dreistufigen Ablage, deren Körbe mit *In*, *Action* und *Out* gelabelt waren, lagen zumeist Bücher, mit denen der Vizepräsident, je aktuell, die Spannweite seiner intellektuellen Bemühungen ausflaggte, heute Lenin, *Was tun?* und eine Novellensammlung von Stefan Zweig.

»Die PK fällt flach«, rief Lieberwitz hinein.

Blitzartig sprang Rohleder auf, warf den Pressespiegel vor sich auf die Arbeitsfläche und stand kerzengerade. »Sagt wer?«

»Dienstanweisung vom Chef. Wenn überhaupt, macht er es selbst.«

So hatte Tilo Lieberwitz es von seinem Vater gelernt. Sein erstes Huhn tötete er mit elf Jahren. Zupacken und das Tier auf den Hackklotz legen, dann der Hieb mit dem Beil, nur einer, und der musste sitzen. Dass er sich mit dieser Vorgehensweise im Amt keine Freunde machte, war einkalkuliert. Lieberwitz war Assistent von Halder, wenn der stürzte, wurde auch sein Gehilfe als Grabbeigabe mitverscharrt. Also agierte er im Sinne seines Chefs und war ihm unbedingt zu Willen, schließlich stellte der die Karte dar, auf die Lieberwitz alles gesetzt hatte.

»Reinkommen!«, donnerte Rohleder.

Lieberwitz trat ein, schloss die Tür, hielt aber, als ginge es darum, sich einen raschen Fluchtweg offenzuhalten, die Klinke hinter dem Rücken fest.

»Seid ihr irre oder was?«

»Ich überbringe nur die Anweisung. Wenn Sie die in Frage stellen möchten, sprechen Sie selbst mit ihm. Seine Mobilnummer haben Sie ja.«

Rohleder holte aus seiner Schreibtischschublade ein cellophanverpacktes Stück Nussschokolade, das wenigstens DIN-A5-Format hatte, brach einen Zacken heraus und biss hinein. »Die Sache ist bereits draußen. Wollen Sie mich zum Gespött der Presse machen?«

»Wenn es um die Absage geht: Das kriege ich hin. Ganz homöopathisch.« Der Job war erledigt. Nun gönnte sich Lieberwitz den Luxus der Kooperation mit dem unbeliebten Vize.

»Homöopathisch? Was soll das heißen?«

»Dass sich neue Erkenntnisse anbahnen und wir unsere Position noch einmal überprüfen möchten. Soso lala in diesem Sinne …«

»Und dann?«

»Präsentieren wir den neuen Verfassungsschutzbericht in den nächsten Wochen.«

»Hauen Sie ab, Lieberwitz!«

In einer zusammenhängenden Bewegung drehte sich Lieberwitz um, öffnete dabei die Tür und war verschwunden. Noch auf dem Gang tippte er Halders Mobilnummer in sein Display. Speichern unter *Kontakte* war verboten, er behielt sie im Kopf.

17

Aufmerksam verfolgte Halder den Bericht seines Assistenten.

»Gut gemacht, Lieberwitz! Eine Bitte noch …«

Lieberwitz stiefelte leicht nach vorne gebeugt den Gang hinunter, seine Linke, mit der er das Smartphone an das Ohr presste, war abgewinkelt und weit nach außen ausgefahren. Anke Born spähte durch die offene Bürotür. Sie erkannte an seiner Haltung sofort, dass er mit dem Chef telefonierte.

»Freilsch!« Manchmal grätschte der sächsische Dialekt ungehemmt zwischen Lieberwitz' sorgsam gepflegten mitteldeutschen Wortduktus.

»… lassen Sie ihn nicht aus den Augen. Ich kenne den Kerl. Da kommt noch was nach.«

Lieberwitz war vor Anke Borns Tür stehen geblieben. Ihre hochgezogenen Brauen verrieten, dass sie beteiligt zu werden wünschte. Lieberwitz trug dem sofort Rechnung, indem er in die erste Person Plural wechselte.

»Da werden wir schon ein Auge darauf haben!«

Anke Born nickte, und Lieberwitz deutete, mehr für sie als für ihn, eine Verbeugung an. Ostentativ beendete er das Gespräch und ließ das Telefon in die Hosentasche gleiten.

»Dann setzen Sie sich ausnahmsweise rüber an den Schreibtisch vom Chef. Dort kann ich Ihnen das so einstellen, dass Sie auf dem Display mitverfolgen können, wenn Rohleder telefoniert«, sagte Anke Born.

»So etwas gibt es hier?«

»Nun werden Sie nicht albern, Lieberwitz!«

Lieberwitz straffte sich und ging hinüber in Halders Büro. Die Tür ließ er offen stehen. Sein Aufenthalt nebenan war kein luxuriöses Geschenk, sondern eine Arbeitserfordernis. Halders Schreibtisch war leer, die dunkel gemaserte Holzoberfläche glänzte. In dieser Hinsicht war der Chef ein Vorbild, *clean desk* war in einer solchen Behörde unabdingbar. Sicherheitsempfindliche Akten wurden weggesperrt oder in die Obhut des Archivs übernommen. Persönliches in verschließbare Schubladen gepackt. Die Ecke mit dem großen Besprechungstisch war eichengetäfelt. Im Amt sprach man daher vom *Rittersaal*. Zusammenkünfte fanden dort des Öfteren statt, zumal das Zimmer des Präsidenten sicherheitstechnisch zu den am besten kontrollierten Räumen gehörte.

Lieberwitz blickte zu der Fotografie auf, die nicht Halders Großvater darstellte, und schon blinkte auf dem großen Display des Telefons die 13.

»Es geht los!«, meldete Anke Born.

»Kann ich das mithören?«, fragte Lieberwitz.

»Nein. Aber jedes Telefonat wird mitgeschnitten. Ich rufe in der Technik an, die uns die Gespräche gleich auf den Server überspielt.«

18

»Kottke!«

»Tag, hier Rohleder!«

Der BfV-Vize persönlich! Da braute sich Ungutes zusammen. Kommissar Kottke wartete ab, zunächst musste die neue Lage gedanklich erfasst werden. Die Devise war, sich nicht aus der Reserve locken zu lassen. Dabei half ihm die Ausbildung, die er genossen hatte. Er hatte gelernt, sich ruhig zu verhalten, auch wenn das Schweigen lastend wurde. Wer Verhöre durchführte, musste vor allem dem sozialen Druck gewachsen sein, der durch das Nicht-Reden aufkam. Viele Geständnisse waren so gesehen einer höflichen Konvention geschuldet, weil es einer nicht schaffte, den Mund zu halten, wenn das Gegenüber stumm blieb. Stattdessen wurde versucht, Alltagsnormalität aufrechtzuerhalten, man redete um des Redens willen, fing sich Nachfragen ein und verwickelte sich in Widersprüche, bis man letztendlich kapitulierte.

»Erfurt, Sie erinnern sich?«, fragte Rohleder irritiert.

»Natürlich. Ich bin oft genug in Ihrem Zimmer gesessen, und wir haben gemeinsam die Lage erörtert.«

Kottke entspannte sich, das Gespräch ließ sich harmlos an. Offenbar wollte ihm niemand an den Karren fahren. Rohleder stand in der Hierarchie inzwischen weit oben, der verhaltene Beginn sprach dafür, dass er etwas wollte. In Erfurt war Kottke vor allem deshalb bevorzugter Gesprächspartner gewesen, weil er auch aus dem Westen kam. Rohleder brauchte einen, bei dem er sich über die unhaltbaren Zustände im Osten ausweinen konnte. Was könne man schon von einer Region erwarten, in der es morgens Bratwurst, mittags Brätel und abends Kälberblase gebe? Wenn sie zusammen in die Kantine gingen, wies Rohleder angeekelt auf den Geruch nach Altfett, Urin und Desinfektionsmittel hin, der einem in diesen heruntergekommenen Gebäuden ständig wie ein übelriechender Waschlappen um die Ohren gehauen werde.

Rohleder hatte sehr eigenwillige Ansichten über den NSU, die Kottke jedoch allesamt einleuchtend fand. Rohleder wandte sich gegen das *Märchen*, dass es sich beim NSU um eine Terrorgruppe handle. Es sei schließlich das Wesen von solchen Vereinigungen, Ziele und Zusammenhänge ihres Tuns unter die Leute zu bringen. Der Terrorist wolle gehört und gesehen werden, nur dann erfüllten seine Aktionen ihren Zweck. Man könne das die letzten 150 Jahre rückverfolgen und müsse zwingend zu diesem Resultat kommen. Die drei, denen man den Stempel NSU aufgedrückt habe, hätten jedoch nichts dergleichen versucht, sie hätten ihre Anschläge im Geheimen verübt.

Somit könne man allenfalls darüber nachdenken, was diese drei jungen Leute bewegt haben mochte, aber Terror oder gar politischer Terror sei hier gänzlich auszuschließen. In der Tat, fand Kottke, rückte diese Betrachtungsweise einiges zurecht und dämpfte die Hysterie, mit der dieses Thema in der Öffentlichkeit diskutiert worden war.

Im Osten, so stellte Kottke fest, entwickelte sich umständehalber eine ganz andere Normalität als die zuvor gewohnte. Rohleder hatte eine Behörde aufzubauen und konnte die V-Männer und Informanten, die er sich eben erst durch Bezahlung gefügig gemacht hatte, nicht gleich wieder einsperren lassen. Und Kottke war einer der Polizisten gewesen, die Böhnhardts Garage nach Bomben durchsucht hatten. Das Entkommen des Verdächtigen war schon deshalb möglich, weil die befassten Kollegen keine Lust und keine Zeit aufbringen wollten, sich um den Fall zu kümmern. Krankheit, Fortbildung oder Urlaub waren vorrangig. Man hatte die mit den Ermittlungen verbundenen Verschwörungsszenarien einfach satt und fühlte sich vor den Karren der Öffentlichkeit gespannt. Unausgesetzt übte die linksliberale Presse Aktionsdruck aus, ihm nachzugeben, hieß nichts anderes, als die Verleumdung des Ostens als politisch minderbemittelt zum Leitgedanken der Ermittlungen zu machen.

Schlechte Arbeitsbedingungen und Scheißstimmung, fand Kottke, deshalb hatte er sich bei erstbester Gelegenheit zurück nach Bayern zum LKA in München versetzen lassen.

»Was kann ich für Sie tun?«, fragte Kottke.

»Hängen wir das Ganze mal tiefer«, erwiderte Rohleder, »wir führen hier kein Dienstgespräch, wir plaudern nur ein bisschen, okay?«

Kottke trat ans Fenster und schaute hinüber zum Wittelsbacher Gymnasium. Schüler strömten aus dem Gebäude und verteilten sich rasch in alle Richtungen. Diffundierende Menschenmengen, wurde das in der Ausbildung genannt. Eben noch einem Ausgangspunkt und einer Gruppe zuordenbar, verloren die Jugendlichen das Merkmal Schüler und tauchten in der Anonymität der Stadt unter.

»Na klar, gern. Läuft Ihr alter Kombi noch?«

Rohleder lachte. »In Köln könnte ich mit so einer Mühle nicht mehr vorfahren. Man hat mir einen hübschen Dienstwagen hingestellt.«

Er machte eine Pause. Jetzt würde er mit seinem Anliegen endlich mal rüberkommen.

»Dieser Kollegenmord, Fall Nordring: Was läuft denn da bei euch im LKA?«

»Haben Sie da nicht den besseren Überblick? Wie ich gehört habe, wird Herr Halder doch persönlich an der Besprechung teilnehmen.«

»Mag sein. Lassen Sie mich das so sagen: In Behörden treffen nicht unbedingt immer Traumpaare aufeinander. Deshalb lege ich Wert darauf, meine eigenen Informationsquellen zu pflegen.«

»Ich bin mit dem Fall selbst nicht direkt befasst …«

»Aber man bekommt doch trotzdem Einiges mit.«

»Klar. Wie verlässlich Hörensagen ist, wissen Sie ja selbst. Sprechen wir denn *off records*?«

»Aber hallo! In meinem Amt hört mich niemand ab.«

»Seitdem der Verfassungsschutz da mitmischt, sind einige Leute von uns darauf angesetzt, eine linksradikale Altherrentruppe zu observieren. Offenbar gibt es da eine Verbindung zum Fall Nordring.«

Rohleder dachte nach. Das klang weniger spektakulär, als er gehofft hatte. Aber man musste die Sache aus der Perspektive von Halder sehen: Was schien ihm daran so wichtig, dass er sich selbst so stark in die Ermittlungen einbrachte?

»Gibt es da Namen oder sonstige nähere Informationen, die Sie mir zukommen lassen könnten?«

»Schriftlich äußere ich mich überhaupt nicht. Ich nenne unverbindlich zwei Namen und Sie sehen selbst, ob die von Bedeutung sind. Sie dürften doch einen unbeschränkten Zugang zu NADIS haben?«

Kottke hatte recht. Immerhin ließ sich damit ermitteln, in welchen Dateien oder Akten die Betreffenden geführt wurden.

»Stimmt. Und über wen sprechen wir da?«

»Michael Löwenberg und Fritz Uhlbeck.«

»Danke. Da bin ich Ihnen einen Gefallen schuldig.«

»Guter Hinweis«, sagte Kottke. »Geben Sie doch andersherum Bescheid, wenn Sie auf etwas Interessantes in diesem Fall stoßen. Auch im LKA halten nicht nur Traumpaare Händchen.«

Sie legten auf. Kottke streckte die Arme mit verschränkten Fingern aus, um sich zu lockern. *Ping!* machte es in seiner Gesäßtasche. Er zog das Smartphone heraus und steuerte mit flinkem Daumen die Nachricht an. Gudrun! Vorderhand sehe sie sich noch nicht zu einem Treffen in der Lage. Alles sei noch zu frisch. Später einmal. Für Kottke klang das gut.

19

Gudrun warf ihr Smartphone auf die Couch. Leider ließ sich die Nachricht nicht mehr zurückholen. Womöglich hatte sie einen Fehler gemacht. Ihr Lebensglück war jäh durch den grausamen Tod ihres Verlobten zerstört worden. Immer mehr hatte sie sich von ihm auf seine Seite ziehen lassen, war schon frühzeitig schwankend geworden, denn er stellte etwas dar, vor allem körperlich. Er hatte Figur, war attraktiv und sportlich, dazu geduldig und auch was die Auffassung von der Arbeit anging, zog sie mit ihm an einem Strang. Ihr verflossener Lebensgefährte hingegen war klein, ein wenig pummelig und in Liebesdingen unzuverlässig. Er hatte sie hingehalten. Aber da sie schon einmal gemeinsam nach Gelsenkirchen gefahren waren, um sich bei Gudruns Eltern als Paar vorzustellen, fühlte sie sich unter Druck. Leichtlebigkeit und Frivolitäten duldete die Familie nicht.

Nun war Röhricht aus diesem geänderten Lebensplan herausgebrochen worden, und sie spürte in vorher nie geahnter Stärke den Wunsch nach Rache in sich. Sie hegte keinen Zweifel, dass sein Tod den Linksradikalen, die Röhricht ins Visier genommen hatte, anzulasten war. Fahrzeuge anzünden, das war zweifelsfrei deren Methode. Lange überlegte sie, wie sie Vergeltung üben konnte, ohne ihre eigene Zukunft aufs Spiel zu setzen. Sie brauchte Hilfe, so viel war klar, und natürlich dachte sie dabei an Kottke. Weltanschaulich und politisch lagen sie auf einer Linie. Bei ihrer raschen Antwort an ihn hatte sie dies nicht bedacht, sie war ausschließlich persönlich gemeint. Sie wusste, was er wollte, aber körperlicher Kontakt kam für sie nicht mehr in Frage. Das musste er schlucken.

Kottke hatte früher schon lockere Verbindungen mit der rechten Szene. Er war ein Freund von Rechtsrock, äußerte sich in einschlägigen Foren und pflegte auch persönlichen Umgang mit einigen Kameraden aus der Szene. Um sich der Nadelstiche und Behinderungen der Antifa zu erwehren, hatten Gruppen wie *Judge Dredd* begonnen, ihre Exponenten persönlich anzugehen. Sie sollten wissen, dass sie zu Zielscheiben werden konnten, es sei denn, sie würden endlich Wohlverhalten üben. Die Antifa fürchtete die Auseinandersetzung Mann gegen Mann, sie klumpten sich am liebsten zu anonymen Massen zusammen, zu einem schwarz maskierten Mob. Gudrun und ihre Leute hatten kein Problem, einem Gegner direkt in die Augen zu schauen.

Sie griff Röhrichts Plan wieder auf, die Adressen der Linksradikalen an ihre Gegner weiterzugeben. Dazu brauchte sie jedoch Kottke. Nach einer gewissen Karenzzeit würde sie ihn treffen, um ihn für ihre Absichten zu gewinnen.

20

»Wird noch Musik gewünscht?«, fragte Glöckler nach hinten.

Halder winkte mit erhobenem Zeigefinger ab. Resigniert stellte er fest, dass das Material, das er vor sich hatte, nichtssagend und oberflächlich war. Ratlos blätterte er in den Observierungsprotokollen. Entweder waren Tarnung und Sprachverschlüsselung perfekt, oder die Beobachtungen waren nichts weiter als eine Zusammenstellung einschläfernder Banalitäten. Der Ermittler beklagte sich darüber, dass Mick so stark nuschle. Man könne ihn kaum verstehen. Halder vermerkte grimmig, dass der Beamte bereits den Spitznamen der zu observierenden Person übernommen hatte. *Mick diskutiert mit seiner Frau die Zubereitung eines veganen Risottos. Am Abend soll Professor Leiser mit Frau zu Gast sein.* Bei Fritz Uhlbeck stand zu lesen, dass von den aufgenommenen Geräuschen her im Moment nicht auszumachen sei, ob er mit einer Frau schlafe oder Kurzhanteltraining mache.

Der Überwachungsaufwand war beträchtlich: Von der Telekommunikations- und E-Mail-Überwachung bis zur Ausstattung der Fahrzeuge der beiden mit Sprachübertragungs- und GPS-Technik sowie Auswertung der Videoüberwachung hatte man alles an Instrumentarium aufgeboten, was zur Verfügung stand. Der *Fight Club Munich* war ein Drache, dem der Kopf abgeschlagen werden musste. Deshalb schämte sich Halder für den Unsinn, den er da las. Das Bild, das seine Leute vermittelten, war das von zwei rüstigen Rentnern, die durch ihren Alltag surften, gern aßen und tranken und mit ihren Frauen kabbelten, die allerdings, auch das wurde deutlich, große Sympathie für linksradikale junge Leute an den Tag legten. Halder wollte schon die Protokolle beiseitelegen und ihre Auswertung gelegentlich Lieberwitz übertragen, konnte dann aber doch nicht davon lassen und stieß endlich auf die Aufzeichnung eines Gesprächs, das den ganzen Aufwand zu rechtfertigen schien. Leider war es dem Beamten nicht möglich gewesen, die gesamte Unterhaltung einzufangen. Erst nach einer ganzen Weile war es ihm gelungen, nah genug an die beiden heranzurücken.

21

»Findest du das klug, die anderen im Ungewissen über den Anlass des Treffens zu lassen?«, fragte Mick.

»Unbedingt! Sonst geht der ganze Effekt flöten.«

»Hm.«

»Du kennst doch unseren Kreis gut genug. Der eine hat dieses auszusetzen, der andere findet jenes gut – so wird alles zerredet. Dann sitzen wir wieder da und führen Strategiediskussionen!«

Mick lachte.

»Nein«, fuhr Fritz fort, »wir geben eine klare Linie vor, so wird es gemacht und basta!«

»Wenn du meinst.«

»Schau mal, das ist doch eine altbekannte Geschichte: Jeder, der ein Geheimnis hütet, petzt es an mindestens drei weitere Personen unter dem Siegel der Verschwiegenheit weiter. Wenn unser Projekt keine Überraschung mehr wird, kannst du das Ding begraben.«

»Na gut«, lenkte Mick ein. »Und wo beschaffen wir den ganzen Krempel?«

»Euro-Industriepark würde ich vorschlagen. Da sind alle

nötigen Läden dicht beisammen, Parkplätze gibt es auch genug.«

»Dann könnten wir anschließend in dem italienischen Bistro einkehren.«

»Gibt es das noch?«

»Ich gucke dann gleich mal nach. Und was wir alles brauchen, eine Einkaufsliste, hast du die schon?«

»Mal schauen, was alles im Angebot ist. Und unbedingt Grillanzünder und Spiritus.«

»Dann können wir schon mal vorglühen.«

»Gute Idee …«

22

Der Rest blieb unverständlich. Der Ermittler notierte, dass das Motorgeräusch eines langsam vorbeifahrenden Baggers die weitere Unterhaltung überdeckt hatte. Auch diesmal saßen die beiden im *Café Isartal,* wo sie sich offenbar vor Lauschangriffen sicher fühlten. Aber das Gehörte war ausreichend, denn aus dem Gespräch ging eindeutig hervor, dass sie ihre Gesinnungsgenossen versammeln wollten, um ein Projekt durchzuführen, das nicht zerredet werden sollte. Nach und nach ließen sich ein paar Namen herausfiltern. Es handelte sich durchweg um Linksradikale, die früher auffällig geworden waren: Weitere Mitglieder der Roten Hilfe, Personen aus einem ehemaligen Anwaltskollektiv, Aktivistinnen des Frauenhauses, Redakteure einer Stadtzeitung und Wohngenossen aus verschiedenen Kommunen. Sie alle führten inzwischen ein ruhiges bürgerliches Leben, sollten aber offenbar erneut politisch aktiviert werden. Dass solche Leute wie Zombies aus ihren Löchern gekrochen kamen, schien nur auf den ersten Blick überraschend. Schon eine ganze Weile lang war in linken Publikationen und Internetforen das Versagen der 68er und ihrer Nachfolger in den siebziger und achtziger Jahren diskutiert und angeprangert worden.

Die Lage hatte sich entscheidend verändert, denn das Pendel war von einem linken Zeitgeist in die andere Richtung ausgeschlagen. Die rechte Szene war nicht mehr nur von dumpfen Schlägerglatzen beherrscht, neue Protagonisten waren hinzugetreten. Plötzlich tauchten dort moderne junge Leute auf, die solche Haltungen chic fanden, dazu Vordenker, deren Argumente alles andere als plump vorgetragen wurden. Gleichgültig, wo sie ansetzten, sie hatten ein Momentum auf ihrer Seite, dass eben das linke Milieu alte Politik und Establishment verkörperten, und sie die Aura des Frischen und Neuen reklamieren durften. Gerade für Altlinke musste dies peinigend sein. Warum also sollte dies den Kreis um Mick und Fritz nicht quälen und eine Bereitschaft schaffen, noch einmal selbst anzutreten und dieses Geschäft nicht nur den Jungen zu überlassen?

Je länger Halder die Sache von dieser Seite her durchdachte, desto zwingender schien ihm der Antrieb der beiden. Gespannt warteten die Beamten darauf, wen sie zu ihren Treffen bitten würden. E-Mail- und Telekommunikation wurden lückenlos überwacht. Hinterher stellte sich diese Maßnahme als Panne heraus: Fritz und Mick, die man des Öfteren von *Scheiß Google* und *Fuck Facebook* hatte reden hören, verschickten ihre Einladungen konventionell per Post. Dies allerdings ließ sich nur noch rekonstruieren, und so war den Ermittlern die wichtigste Information durch die Lappen gegangen, wann und wo dieses Treffen stattfinden sollte. So unscheinbar Mick und Fritz auftraten, so geschickt verfuhren sie in mancher Hinsicht: Per E-Mail sendeten sie sich nur unverfängliche oder alberne Botschaften wie *Der FC Bayern, der FC Bayern wird niemals untergehen!* Später dann stießen die Rechercheure auf ein gemeinsames E-Mail-Konto von Mick und Fritz, das nur über eine Internet-Maske genutzt wurde. Sie schickten die dort verfassten Mails nicht ab, sondern speicherten nur Entwürfe, die der jeweils andere bei seinem nächsten Besuch durchlesen, bearbeiten oder löschen konnte. Das Prinzip glich dem eines toten Briefkastens. Auch andere, noch Unbekannte, hatten Zugriff darauf. So war dort eine Schilderung des Falls Oliver Butzek abgelegt, der von den Berliner Kollegen festgenommen worden war. In seinem Kombi befand sich eine Ausstattung, um Brandbomben zu bauen, die für eine ganze Fahrzeugkolonne ausgereicht hätte.

Die mit dem Fall befassten Ermittler befanden sich seither in Habachtstellung. Halder hatte mit dem LKA abgesprochen, dass man das angekündigte Treffen der Gruppe auf jeden Fall für einen Zugriff nutzen würde.

23

Halder verspürte Hunger. Etwas Kleines! Croissant, Würstchen oder Salat? Er bat Glöckler, die nächste Raststätte anzusteuern. Moseltal West. Erbswurstsuppe mit Wiener war der Inbegriff der kleinen Mahlzeit, wie sie seine Mutter zuzubereiten pflegte. Er durfte sie gleich in der Küche essen. Sie stellte einen blau gemusterten Teller mit der heißen Suppe vor ihn, in der die bereits geschnittenen, runden Wurststücke schwammen. So konnte alles mit dem Löffel bewältigt werden. Diese Erinnerung an seine Mutter rührte ihn. In der Küche entfaltete sie ihre ganze Fürsorge. Wenn sich Halder allerdings seine Mutter außerhalb der Küche vorstellte, schämte er sich. Margarete Halder war eine reizlose Person, bieder und – auch wenn es schmerzte, das so feststellen zu müssen: beschränkt.

Sie hatte ihren Mann in einem Rotkreuz-Lazarett kennengelernt. Erwin kämpfte nach dem Verlust beider Beine mit dem Tod, Margarete arbeitete als Krankenschwester und pflegte ihn. Solche Fälle waren nicht selten, schwerverwundete Soldaten machten Krankenschwestern des Öfteren Heiratsanträge. Während sie in Blut und Schmerzen lagen, erschienen diese reinlichen und duftigen Frauen an ihrem Lager, die ihnen flink und mit geübten Handgriffen Erleichterung verschafften. Ihre Berührungen wären außerhalb des Lazaretts intim gewesen, hier nahmen sie diese wie kleine Jungen dankbar an und ordneten sich ihrem Kommando unter. Die Schwestern spendeten Zuwendung und wurden zum Inbegriff des Versprechens, wieder in ein normales Leben zurückkehren zu dürfen. Der Weg dahin war von einer Fiebervision begleitet, die im Lauf der Gesundung zur Sehnsucht wurde, diesen hilfreichen Engel dauerhaft an der Seite zu behalten.

So war es auch Erwin Halder ergangen. Margarete war deutlich älter, aber das störte ihn nicht, zumal er in den Nachkriegsjahren wie viele andere auch als bemitleidenswerter Krüppel galt. Er hatte und war nichts und musste daher dankbar sein, dass sich überhaupt eine mit ihm abgab. Erwin Halder studierte Jura in Göttingen, das Geld verdiente er sich mit Nachhilfestunden, vor allem in Latein. An den Erwerb teurer Prothesen war nicht zu denken, Erwin fertigte mit der Hilfe eines Tischlers ein Brett auf Rollen, auf dem er sich fortbewegen konnte.

Halders Rache an seinem Vater war eine Art von Tourette-Syndrom, das er in Gedanken auslebte. Zwanghaft kamen ihn Phantasien an, in denen der Vater bloßgestellt oder gedemütigt wurde. Wie konnte ein Schwerbehinderter wie er überhaupt Kinder zeugen?

Man sah heute wieder auf den Straßen Bettler, die sich ohne Beine nur auf den Händen vorwärtsbewegten. Ihre Hände waren mit Stoff umwickelt, manchmal mit einer Art Gummisohle ausgestattet. So robbten sie auf dem Pflaster dahin. Sie mussten im Lauf der Zeit große Kraft in den Armen entwickelt haben. Sie hoben den Oberkörper an und setzten dann die in Hosenbeine gewickelten Stümpfe auf dem Boden ab. Schon durch die Art sich fortzubewegen wurden sie zu Wesen eigener Art, die nicht aufrecht und beidbeinig auf der Erde standen. Kein Homo erectus, sondern ein Homo reptilis.

Wenn also ein Kind gezeugt werden sollte, war zunächst volles Einverständnis der Partner notwendig, vor allem von Margarete, ihren Mann zu empfangen. Dann erst konnte er sich auf sie schieben und zwischen ihren Beinen platzieren. Vielleicht war aber auch der Anblick der Beinstümpfe lusttötend. Dann blieb er bei leicht über die Stümpfe gezogener Decke liegen, und sie setzte sich auf ihn.

Später, dann allerdings schon in Amt und Würden und mit erstklassigen Prothesen ausgestattet, hatte Erwin Halder eine Geliebte. Eine jüngere. Er hatte Geld und Position, sie bediente ihn. Anders war ein solches Verhältnis nicht denkbar. Bediente ihn! Diese Vorstellung kam mit einem Sack von Phantasien, eine hässlicher als die andere.

Scheidung kam dennoch nicht in Frage, Margarete zog sich in ihre Küche zurück. Sie hatte zur Auflehnung weder Mut noch Kraft, war nur eine früh gealterte Frau, die sich in ihr Schicksal ergab. Aber sie war die Mutter des gemeinsamen Sohnes, das konnte ihr niemand nehmen. Ihre Liebe zu ihrem Sohn Kurt drückte sich immer durch das Essen aus. Während seines Referendariats brachte sie ihm frisch Gekochtes ins Amt. Eine Peinlichkeit, freilich, aber es war Kurt Halder unmöglich, ihr seine wirkliche Einstellung und seine wahren Gefühle zu offenbaren. Es hätte sie, so fürchtete er, getötet. Er blieb umschlossen von diesem Gemisch aus Verachtung, Hass und blinder Zuneigung, ohne sich je daraus lösen zu können. Den größten Gefallen erwies ihm seine Mutter durch ihren frühen Tod. Endlich entließ sie ihn aus der direkten Abhängigkeit.

»Erbsensuppe mit Würstchen!« Halder deutete auf den

dampfenden Edelstahltrog hinter der Theke. Dabei hatte er eigentlich eine andere Wahl treffen wollen. Aber immer noch lebte die Macht seiner Mutter in ihm. »Zweimal!« Glöckler musste mitmachen, so war die Bitterkeit der Erinnerung abgemildert.

24

»Schaffen wir das?«, fragte Halder.

Glöckler zerteilte die Würstchen. Der Hackbraten wäre ihm lieber gewesen. Aber wenn der Chef das so wollte, war es gut. Die nächsten Stunden würde man gemeinsam im Innenraum des Wagens verbringen. Beim Verdauen setzte der Körper Dünste frei. Ein Gleichklang war durchaus wünschenswert.

»Wird knapp.« Glöckler sah auf die Uhr.

»Geben Sie Bescheid, wenn ich eine Verspätungsmeldung absetzen muss!«

Trübsinnig schaute Halder auf seinen Teller. »Schmeckt's?«, fragte seine Mutter, kaum dass er den ersten Löffel voll genommen hatte. War eine solche mnemonische Verbindung von Suppe und Mutter je wieder zu trennen? Vermutlich nicht, die Erinnerungsobjekte waren und blieben miteinander verkettet. Beim Anblick weißer Kacheln dachte er an Forelle. Der Fisch war damals auf einer solchen Oberfläche vor seinen Augen küchenfertig gemacht worden. Doppelschlag mit dem Rundholz, der erste zum Töten, der zweite zur Sicherheit. Das Tier zuckte und sein Maul öffnete sich. Dann wurde das Messer angesetzt. Rotes Gekröse auf weißen Kacheln, das heftete sich an. Bei der Erwähnung einer Feuerzangenbowle dachte er nicht an Rühmann, sondern an feuchte Schambehaarung. Neuerdings schob sich das Bild Lenas dazwischen. Hatte man je versucht, diese Mechanismen des Gehirns kriminologisch zu erschließen? Interessanter Gedanke, aber wohl sinnlos, denn diese Verbindungen waren privat, nicht verallgemeinerbar.

Das Aufsteigen von Gedanken und Vorstellungen im Kopf blieb ein hartnäckiges Rätsel. In Halders Badezimmer lag eine Matte mit flauschigen Wollfransen ausgebreitet. Balkenmuster aus unterschiedlichen Brauntönen schoben sich ineinander. Wenn Halder auf dem Wannenrand saß und nach unten schaute, hatte er das Gefühl, durch ein Fenster in das Universum zu blicken. Die weiche Oberfläche des Teppichs mit ihren immer wieder neuen Formen und Schattierungen wirkte wie ein gestricheltes Suchbild. Ständig erschienen Gesichter, Figuren, Gegenstände und Strukturen. Sudelgestalten. Die Fratze eines Moriskentänzers, das wilde Heer, Schiffe, Alf, das Faktotum seines Vaters, Rohrleitungen, Bäuche, Brüste und Schaltpläne. Dabei waren es nur unterschiedlich ineinander gedrückte Fransen, Feuchtigkeit oder Cremeflecken. Wo nichts war, schuf das Gehirn etwas, ein Weltpanoptikum zog an ihm vorbei, wenn er den Blick nicht von dem braunbeigen Bildschirm lassen konnte.

Das Smartphone vibrierte auf der Tischplatte. Halder fuhr aus seinem Sinnieren auf. Lieberwitz aus dem Amt!

»Was gibt's? Macht er Probleme?«

»Rohleder versucht herauszubekommen, was Sie am Fall Nordring so interessiert. Er hat einen Münchner Kontakt angezapft.«

Rohleder verfolgte seinen Rachefeldzug mit bemerkenswerter Zähigkeit. Ständig suchte er nach Schwachstellen in Halders Amtsführung.

»Und?«

»Der eine hatte genauso viel Ahnung wie der andere: Null.«

»Gut! Noch was?«

»Die Senioren machen mobil. Sieht so aus, als sei da heute noch etwas geplant.«

Halder war urplötzlich hellwach. Eine neuronale Lichterkette illuminierte seinen Schädel. »Sind wir bereit?«

»Das ist es, was ich sagen wollte«, entgegnete Lieberwitz. »Ich habe den Alarmknopf gedrückt. Die Kollegen stehen auf Abruf.«

»Hervorragend! Halten Sie mich über jede Bewegung auf dem Laufenden.«

Ausgerechnet! Wochenlang passierte nichts und dann ballte sich alles an einem Tag zusammen. Dennoch fühlte er sich belebt. Die trüben Gedanken verschwanden, er adaptierte sich an die neue Situation und ging innerlich in Gefechtsbereitschaft über.

25

Ungläubig starrte Rohleder auf den Bildschirm. Michael Löwenberg war 68 Jahre alt, Fritz Uhlbeck bereits 69 Jahre, beide wohnhaft in München. Man observierte zwei Rentner mit einem Aufwand, der sonst nur für Islamisten betrieben wurde, die ihre Bomben bereits scharf gemacht hatten. Entweder war Halder verrückt, oder er verfügte über Erkenntnisse, die Rohleder unzugänglich blieben. Vor allem: Wo war die Verbindung zum Fall Nordring? *Fight Club Munich*? Warum denn? Die Anleitung zum *Nobelkarossentod* stand längst im Internet, jeder konnte sich dort das nötige Know-how besorgen.

Rohleder zwang sich zu Geduld. Natürlich hatte Halder einen Sprung in der Schüssel. Ein Behördenhengst, ein verklemmter Wicht, der Frauen nie gerade in die Augen sehen konnte, ein Biedermann! Aber damit ließ sich nicht arbeiten. Die Hypothese lautete, dass Halder besseres Wissen hatte, zu dem sich Rohleder Zugang verschaffen wollte. Diese Behauptung war einem gnadenlosen Falsifikationsprozess zu unterziehen, an dessen Ende der Beweis stehen konnte, dass der Leiter der Behörde verworrene Ermittlungswege anordnete und der unverhältnismäßige Aufwand persönlich motiviert war.

Als er draußen auf dem Gang Schritte hörte, löschte er den Bildschirm. Womöglich streckte Lieberwitz noch einmal den Kopf herein. Der Gehilfe seines Herrn! Die Schritte verhallten, und Rohleder knipste den Monitor wieder an. Im Grunde genommen beschämend, dass er sich auf solche Schleichwege begeben musste. Warum gab man ihm nicht direkt, was ihm zustand? Halder hatte Stufe um Stufe auf der Karriereleiter erklommen. Gern blieb er im Hintergrund, Skandale oder Fehltritte waren nicht bekannt, er war das Inbild eines korrekten und seriösen Beamten. Halder sicherte sich ab, von ihm kam Fundiertes, Gewagtes ließ er seine Mitarbeiter ins Spiel bringen. Er kämpfte nie, sondern taktierte.

Rohleder verfluchte seine Schwäche, damals Staatssekretär Sifferling willfahren und der Ernennung zum Vize zugestimmt zu haben. Sifferling hatte ihn auf die brutale Tour unter Druck gesetzt. Plötzlich war ihm jede Rückendeckung entzogen worden. Genau genommen sei er gar nicht mehr vermittelbar, der Vize sei ein Gnadenakt. Vor dem Untersuchungsausschuss des thüringischen Landtags zu rechtsradikalen Umtrieben und zur Verantwortung des Verfassungsschutzes hatte er eine schlechte Figur abgegeben, als er einräumen musste, nicht zu wissen, von wem er damals zum Leiter der Landesbehörde berufen worden war. Die Ernennungsurkunde habe in seiner Jacketttasche gesteckt, er selbst sei am Abend betrunken gewesen und wisse daher nicht mehr, wer sie überbracht hatte. Das war die Wahrheit und dazu gehörte auch, dass nicht nur Sifferling, sondern auch eine ganze Reihe weiterer Kollegen mit ihm zusammen gefeiert hatten und sicher ebenso hackevoll gewesen waren. Trotzdem war er nun angeschlagen, die Öffentlichkeit reagierte mit Unverständnis.

Wie üblich kamen hinterher die Ratten aus den Löchern gekrochen, Mitarbeiter, die sich aus irgendwelchen Gründen von ihm schikaniert fühlten und die dann weitere denunziatorische Details in die Öffentlichkeit durchstachen. Er habe des Abends in einer fröhlichen Runde bei Kerzen, Käse und Wein mit Sekretärinnen gefeiert. Sei barfuß durch die Gänge des Amts spaziert. Habe stets in seiner Schublade eine Packung *Mondos*, Präservative von den VEB Gummiwerken Werner Lamberz, Plastina Erfurt, liegen gehabt. Mit solchen Anwürfen war er kleingemacht worden, so dass es ihm dann doch geboten schien, sich auf den Vizeposten zu retten, obwohl die ursprüngliche Zusage seines Saufkumpans eine andere gewesen war. »Das lässt du an dir abperlen, Manfred. Wir stehen das durch!«

Aber man durfte nicht aufgeben. Wenn der Präsident nicht mehr zu halten war, rückte aller Wahrscheinlichkeit nach der Vize auf. Doch zunächst einmal musste er sich in den Kopf von Halder versetzen. Was beabsichtigte der Mann? Halder war Jurist und Historiker, bewunderte die Kämpen der siebziger und achtziger Jahre, die Generalbundesanwälte, die der RAF den Garaus gemacht hatten. Womöglich bedauerte er, dass sie ihm zuvorgekommen waren!

Kaum hatte Rohleder diese Gehässigkeit gedacht, schlug er sich mit der flachen Hand gegen die Stirn. Natürlich träumte einer wie Halder von einem solchen Coup! Das war der Schlüssel! Er hoffte, die Restbestände der RAF abzuräumen und dieses Ende mit seinem Namen signieren zu dürfen. Plötzlich passte alles: Löwenberg und Uhlbeck gehörten damals zum weiteren Umkreis der RAF, sie waren mindestens Sympathisanten, wenn nicht gar Akteure. Das Material fügte sich: Mitarbeit in der Roten Hilfe, Petitionen zur Freilassung von Irmgard Möller auf den Weg gebracht, bei der Beerdigung von Holger Meins fotografiert, Solidaritätsbekundungen in Stuttgart-Stammheim,

Kontakte zu Palästinensern und Teilnahme an Anti-Nato-Demos. Das lag alles offen zutage, auch wenn ihnen nie eine direkte Beteiligung an strafbaren Handlungen nachgewiesen werden konnte, kleinere Vergehen wie Landfriedensbruch oder Sachbeschädigung ausgenommen. Die beiden waren aus linksradikalem Kernholz geschnitzt.

Aber wieder stellte sich die Frage, was Löwenberg und Uhlbeck mit dem Fall Nordring zu tun hatten? Rohleder schaute hinunter auf die Grünanlage, die von den Gebäuden wie ein Hinterhof eingeschlossen wurde. Hier konnte man lustwandeln wie auf dem Gefängnishof. Immer im Kreis.

Hinter ihm pingte es. Rohleder wandte sich seinem Monitor zu. *Grünkern-Risotto, Salatbuffet, Wiener Schnitzel mit Pommes*. Gruß aus der Kantine. Da hieß es sich ranhalten! Spätestens halb eins waren die Schnitzel ausgegeben. Rohleder schlüpfte in seinen bordeauxroten Blouson.

26

Auf den Kaffee verzichtete Halder, Glöckler hatte den besseren in seiner Thermoskanne. Am Wagen ließ er sich von ihm einen Becher voll reichen. Er ging ein Stück nach vorne, trat an den Aussichtspunkt heran und blickte auf das Moseltal hinunter, wo der Fluss einen kreisförmigen Bogen um Dieblich mit seinen Weinbergen spannte, als hätte er seine Orientierung Richtung Norden verloren. Dann gab er sich einen Ruck, trank aus und stieg ein.

Seine Mutter wollte ihm nicht mehr aus dem Kopf. Wenn er von ihr träumte, stiegen Bilder voller Details in ihm auf. Sie stand in ihrer Küche, deren Schranktüren in verschiedenen Pastelltönen gehalten waren: ein zartes Gelb, Blau, Rosa und Grau. Dazu passte der hellgrüne Ölsockel, der über der Arbeitsfläche gestrichen war. Die weitere Ausstattung war modern und zweckmäßig. Einen Blickfang bildeten der bauchige hohe Kühlschrank mit abgerundeten Kanten, die polierte Spüle aus Nirosta-Edelstahl und der Spritzschutz über dem Herd in Form eines Mosaiks, in dem sich die Farben der Schränke und Wände wiederholten.

Margarete blieb unscheinbar in dieser bunten Umgebung. Sie trug wadenlange Röcke, meist anthrazit, dunkelblaue Blusen, dazu Stützstrümpfe und handgefertigtes orthopädisches Schuhwerk. Ihr langes graudurchwirktes Haar war am Hinterkopf zu einem Dutt geordnet. Über der Kleidung trug sie eine dunkle Schürze.

Einer der wenigen Kontakte, die sie noch pflegte, war der zu Halders Nenntante Roswitha, der Schwester Oberin des örtlichen Rotkreuzkrankenhauses, die seinerzeit mit ihr zusammen gelernt und in den Orden eingetreten war. Ihrem Habitus nach waren sie kaum zu unterscheiden, nur dass Margarete keine Schwesternhaube mehr trug. Kaffee und Kuchen wurden nicht im Wohnzimmer serviert, sondern am Küchentisch. Hier war ihr Reich. Eine Haushaltshilfe lehnte sie ab, sie hätte ihr Regiment im angestammten Bereich geschmälert.

Margarete klagte nicht, aber wer die Zeichen zu deuten wusste, verstand, dass sie leidend war. Wenn sie außer Haus ging, inspizierte Halder manchmal ihren Toilettentisch. Alle Sorten von Pflegeprodukten waren mehrfach vorhanden, als hätte sie das richtige noch nicht ausfindig gemacht. Die Shampoos, die sie im Schränkchen stehen hatte, versprachen Volumen für feines, Stärkung für strapaziertes und Geschmeidigkeit für sprödes Haar. Ihr Puder schützte vor Reibungen in Beugfalten, ein anderer linderte Reizungen oder deodorierte. Cremes behüteten sie vor Umwelteinflüssen, beruhigten sensible Partien, bauten die alternde Haut auf und strafften Krähenfüße. Margarete war angeschlagen und suchte Trost in der Drogerie. Dem eigentlichen Sinn nach waren in ihrem Toilettenschrank Psychopharmaka versammelt, Mittel, die die Heilung ihrer versehrten Seele versprachen.

Dazu passte, dass sie gerne in Kur ging, Wasseranwendungen, Moorbäder und Fangopackungen sowie Trinkkuren. Das Leiden selbst war nicht genau bestimmbar, allenfalls mit wolkigen Begriffen wie Unpässlichkeit, Schwindel, Schlaflosigkeit, konstitutionelle Schwäche und chronische Erschöpfung umschreibbar. Festzustellen war nichts außer altersbedingten Einschränkungen. Daher half die Kur ihrer Selbstfindung, sie durfte dort beides sein, krank und gesund, sich in einem Niemandsland irgendwo dazwischen aufhalten, aber eben der besonderen Sorge bedürftig und daher den hilfreichen Anwendungen der Kurklinik und ihres Personals anheimgegeben.

Erwin Halder kehrte sein Inneres nicht nach außen, aber seinem Schweigen war anzumerken, dass er den offenbar werdenden Verfall der inzwischen ungeliebten Frau missbilligte. Er begegnete allen Herausforderungen des Lebens mit Haltung. Haltung hatte nichts mit Moral zu tun, schließlich verkehrte er ohne Gewissensbisse mit seiner Freundin. Haltung bedeutete vielmehr, dass man von den empfindlichen und empfindsamen Teilen der Person nur das in der jeweiligen Situation Angemessene und Nötige zeigte. Als öffentliche Figur agierte er kontrolliert und unzugänglich. Nie hörte man Klagen über wundgescheuerte Beinstümpfe oder beschwerliche Treppengänge. Privatim saß er ohne Krawatte und Jackett am Frühstückstisch. Intimes fand nur im Appartement seiner Freundin statt, bei gedimmtem Licht und verschlossener Schlafzimmertür. Er praktizierte diesen männlichen Comment und führte vor, dass auch Gefühle eine Disziplinschule zu durchlaufen hatten.

Ob Halder seinem Vater damit Unrecht tat, war ihm gleichgültig, denn er spürte beim Gedanken an seine Eltern Wallungen, die ihm solche Phantasien zutrieben. Die beiden hausten als Gespenster in seinem Kopf. Das Bild seines Vaters vor allem mochte nicht in allen Details den Tatsachen entsprechen, aber er hatte es ihm eingepflanzt, und es wirkte weiter. Dabei hatte er entscheidend mitgeholfen. Aber das Schlimmste blieb die Zurichtung seiner Mutter, derentwegen sich Halder außerstande sah, ihr die Distanz und den Hass entgegenzubringen, die ihr eigentlich gebührt hätten. Stattdessen ersoff er in Mitleid und Schuldgefühlen beim Gedanken an sie. Das würde er seinem Vater nie verzeihen können.

27

»The eagle has landed!«

Fritz blieb in seinem vollgepackten Kombi sitzen und gab Mick bequemlichkeitshalber mit dem Handy durch, er möge herunterkommen. Mick lugte aus dem Fenster, der Wagen stand direkt vor der Tür.

»Bin unterwegs!«

Wenig später trat Mick aus der Haustür, warf seine Reisetasche auf den Rücksitz und nahm vorne Platz.

»Und? Hast du etwas Passendes auftreiben können für Ludwigs Auftritt?«, fragte Fritz.

»Logisch, du kennst mich doch, ich bin ein Beschaffungsgenie.«

Mick nestelte an der Reisetasche, zog die Dienstmütze eines Polizisten heraus und wies sie stolz vor.

»Sieht verdammt echt aus.«

»Sieht nicht nur so aus!«

»Die hast du nicht etwa …?«

Mick schüttelte den Kopf.

»Im autonomen Zentrum sind vor einiger Zeit ein paar Beutestücke versteigert worden. Da war die Uniform dabei.«

»Beutestücke?«

»Schlagstock, Funkgerät – ein paar sind richtig scharf auf solche Trophäen. Sogar ein Peilsender wurde aufgerufen. Den haben sie im Radkasten eines Autos ausfindig gemacht. War dort mit einem Magneten fixiert. Sender mit GPS, intelligente Steuerung und Sendemodul. Dreist, oder?«

»Du meinst, ich sollte auch mal nachsehen, ob sie mir etwas angeheftet haben?«, fragte Fritz.

»Quatsch. Lass uns lieber mal überlegen, ob wir alles an Bord haben.« Mick wandte sich um. »Grillkohle, Anzünder, Spiritus – sind wir ausreichend versorgt?«

Fritz knurrte ungehalten und ließ den Wagen an.

»Hast du auch in unserem Briefkasten gelesen, dass sie Olli neulich mit so einer Ladung festgenommen haben?« Mick deutete nach hinten.

»Welchen Olli meinst du?«

28

Glöckler fuhr an und fädelte sich wieder in die Autobahn ein. Halder legte das Smartphone vor sich auf den ausklappbaren Tisch, damit ihm kein Anruf und keine sonstige Nachricht entgehen konnte. Weitermachen, wo er aufgehört hatte? Unschlüssig schob er das Material zum Fall Nordring in seinem Aktenkoffer hin und her. Das Studium dieser Akten ermüdete ihn, weniger körperlich als geistig. Lieberwitz gelang hin und wieder eine brauchbare Berichtsprosa, Rohleder, das musste man ihm lassen, pflegte einen originellen Stil, wenn auch zu wichtigtuerisch, aber den großen Rest zu lesen, war wie das Durchpflügen einer sprachlichen Wüste.

Von Zeit zu Zeit spürte er den Drang in sich aufwallen, einen Rotstift zur Hand zu nehmen und ein paar Seiten exemplarisch durchzukorrigieren. Im selben Moment wurde ihm die Sinnlosigkeit einer so brachialen Aktion deutlich, und er fühlte sich am falschen Platz. Der Gedanke schlich sich ein, ob es nicht besser gewesen wäre, eine akademische Laufbahn einzuschlagen? Er hätte dann in einer gesellschaftlichen Sphäre wirken können, wo ein gebildetes Publikum der Leuchtspur seines Denkens aufmerksam hinterherblickte. Er hätte nicht mit Menschen zusammenarbeiten müssen, deren Hirn kein klarer Gedanke erleuchtete. Natürlich war diese Beurteilung ungerecht, der Fehler lag ja im System selbst und nicht so sehr an den Handelnden. Weniger der Dienst als vielmehr seine Sinnlosigkeit stumpfte ab. Vorne sperrte man einen ein, hinten holten ihn Advokaten wieder heraus, die Rechtsvorschriften zu Lasten der Allgemeinheit zu strapazieren wussten.

Eine schonungslose Fehleranalyse musste ganz oben anfangen. Halder nahm sie zumeist im Schlafanzug vor, denn alles andere hätte die von einem Beamten geforderte Loyalität in Frage gestellt und ihn seinen Posten gekostet. Wenn er sich mit Einschlafproblemen im Bett wälzte, schob sie sich grell durch seinen Kopf. Warum sahen nicht auch andere, was ihm so klar vor Augen stand? Das Drama der Hellsichtigen war, dass sie mit ihrem Wissen alleinstanden.

Das Plädoyer, das Halder im Pyjama hielt, hatte über die Jahre an Schärfe und Prägnanz zugenommen. Es begann wie bedeutende juristische Denkschriften mit einer Feststellung des Offensichtlichen: Das Grundgesetz war stumpf geworden. Die dort gezeichnete Idee einer liberalen Demokratie hatte ihre Überzeugungskraft eingebüßt, weil das Volk nicht mehr daran glaubte. Diese Verfassung begründete keinen gesellschaftlichen Pakt mehr. Die vom Krieg gezeichneten Gründerväter hatten ihre Hoffnungen und Wünsche zusammengetragen und sie in juristische Prosa gebracht: eine Märchenerzählung freiheitlich gesinnter

Gutmenschen. Öffentlichkeit, Diskussion und das Bemühen um Mehrheiten waren dort als Grundpfeiler des Parlaments verankert. Der Wettstreit der Meinungen sollte zu Kompromissen, vor allem zu tauglichen Lösungen führen. Keine gesellschaftliche Interessensgruppe durfte den Besitz letztgültiger Wahrheit beanspruchen, die Gesellschaft war dem Wesen nach pluralistisch und daher hatten sich die Positionen der widerstreitenden Fraktionen anzugleichen.

Ehrliche Makler, die an die Kraft sanftmütiger Kompromisse glaubten? Ernsthaft? Wohin man auch blickte, existierten nur Fronten. Was für eine idyllische Idee, dass das Gespräch unter Andersdenkenden die Kontrahenten näherbrachte! Dass der Wunsch sich zu verstehen gesellschaftliche Bindungskraft entwickeln könnte?

Hatten solche Leute je darüber nachgedacht, dass solche Auseinandersetzungen im Kern das Ringen um Macht darstellten?

Nach verlorenen Kriegen musste man das Bild des geläuterten Deutschen aufrechterhalten. Den Siegern war etwas zu beweisen. Das gelang. Später allerdings fragten die sich, ob der Deutsche noch normal war. Er gab weltpolitisch den Tölpel, der sich lieber selbst ins Bein schoss, als seine Flinte auf die zu richten, die von den Verbündeten als Feinde betrachtet wurden.

Aber nun war die Zersetzung in vollem Gange, weil der Bürger selbst hervortrat, aber nicht zum Dialog, sondern um abzurechnen. Er kübelte die Repräsentanten des Staats und alle, die er nicht auf seiner Linie wähnte, mit unflätiger Wut zu. Zuhören und verstehen? Einer stellte den anderen an den Pranger. Der Bürger diskutierte nicht mehr. Es hieß von ihm, er sei nur besorgt, in Wirklichkeit war er cholerisch, unbelehrbar, verstockt und dumm.

Das Dauerfeuer zeigte Wirkung, und die zunehmende Illoyalität dem verfassungsmäßig gewollten System gegenüber trat immer deutlicher zutage. Dementsprechend brachen allerorts Anomien auf, asoziales Verhalten von übler Nachrede bis Gewalttätigkeit. Tätlichkeiten gegenüber allen, die den Staat verkörperten: Sanitäter, Feuerwehr und Polizei. Man konnte diese Übergriffe gar nicht anders als Aufkündigung des liberaldemokratischen Konsenses begreifen. Die Politik fühlte sich außerstande, die Staatsräson wiederherzustellen, und schob das Thema der Exekutive zu. *Bitte bereiten Sie dem Treiben unverzüglich ein Ende!*

Man schickte die Büttel aus, ohne sich selbst zu einem wehrhaften Staat bekennen zu wollen. Im Zentrum des Systems brachte keiner mehr die Kraft auf, klare Trennungslinien zu ziehen. Was war gewollt? Wer gehörte zu uns? Wer musste ausgeschieden werden? Wer war Freund, wer Feind? Für eine Behörde, die zwar auf abgewogenen, aber letztlich klaren Einschätzungen fußen musste, war der Versuch, Orientierung zu finden, so aussichtsreich, wie Pfannkuchen an die Wand zu nageln.

Halder sah sich um. Glöckler kutschierte ihn ruhig dahin, konzentrierte sich auf die Straße und ahnte nicht, welcher Groll in seinem Chef aufgebrochen war.

Solche zugegebenermaßen schlampigen Analysen – warum sollte Halder auspinseln, was er niemandem zu Gehör bringen durfte? – verwahrte er bei sich. Aber! Was die Konsequenzen für seinen Dienst anging, wurde er deutlicher. Seine Behörde hatte die Verfassung vor ihren Feinden zu schützen. Das war der Auftrag. Sprach man aber in einem Gremium tatsächlich von Feind, fingen die Teilnehmer zu buckeln an. Um Gottes willen, müsse man das so scharf formulieren? Erst einmal seien doch alle unbescholtene Bürger und daher im Zweifel unschuldig.

»Ich bitte Sie, sich folgenden Fall vorzustellen«, pflegte Halder in diesen Situationen zu sagen. Neuerdings standen ihm dabei Michael Löwenberg und Fritz Uhlbeck vor Augen. »Zwei Figuren geraten ins Zentrum unserer Aufmerksamkeit. Wir verfügen über eine Reihe von Verdachtsmomenten. Die Personen weisen eine deutlich nachvollziehbare, gegen unseren Staat gerichtete Biografie auf. Ich spreche hier von Verstößen gegen die Paragraphen 303, 185 und 129 StGB…«

Hier gönnte sich Halder eine kurze Pause, um den juristischen Sachverstand im Gesicht seiner Zuhörer erkunden zu können, und fügte dann an: »Sachbeschädigung, Landfriedensbruch, Mitgliedschaft in einer kriminellen Vereinigung. Nun schicke ich Leute los, die ihnen auf den Fersen bleiben sollen. Einer Operation von Polizei und Nachrichtendiensten muss ein klares Aktionsschema unterlegt werden, sonst wird das Handeln blockiert. Das ist das Wesen jeglicher Strategie. Wir bekämpfen – mit rechtsstaatlichen Mitteln natürlich – keine unbescholtenen Bürger, sondern immer Personen, die wir für Feinde halten. Aus gutem Grund! Eine andere Zielführung wäre unsinnig. Würde der Beamte vor Ort nicht an den Ernst der Lage mithin die Gefährlichkeit der Überwachten glauben, wäre eine solche Operation schon im Ansatz misslungen. Einfaches Beispiel: Sie möchten auf dem Rummelplatz Ihrer Frau eine Rose schießen. Wenn Sie von vorneherein wissen, dass Sie weder zielen noch abdrücken möchten, ist die Sache gescheitert. Entweder Sie stehen zu Ihrem Vorhaben oder Sie lassen es. Eine pluralistische Technik, Rosen zu schießen, ohne das Gipsröhrchen zu treffen, gibt es nicht.« Meist folgte dann ein höfliches Gelächter unter den Zuhörern. Damit war es gut, weiter durfte er nicht gehen.

Allerdings gab es immer auch solche, die Halders Andeutungen zu lesen wussten. Einem Geheimbund ähnlich wirkten sie über die Institutionen verstreut. Man hatte kein Statut und trug kein Abzeichen, es waren Fremde, aber doch Geistesverwandte und man erkannte sich sofort. Solche traten nach seinen Vorträgen zu ihm hin, drückten ihm die Hand und blickten ihm anerkennend ins Gesicht.

Zu gegebener Zeit würden sie hervortreten. Diese Vorstellung beglückte Halder.

29

»The eagle has landed – was soll der Unsinn?«, fragte Rohleder.

»Keine Ahnung«, erwiderte Kottke, »hat wohl einer der beiden im Scherz gesagt.«

»Im Auto abgehört, sagen Sie? Was für ein Aufwand!«

»Machen wir normalerweise nur bei Top-Leuten.«

»Der Chef hat eben seine Hobbys. Wie kommt das, dass Sie nun so genau Bescheid wissen?«

»Wir hatten heute Morgen eine Lagebesprechung, bei der die Eingreiftruppe *Eagle* zusammengestellt wurde. Niemand weiß, wohin die beiden unterwegs sind, und keiner kann sagen, wie lange die Aktion dauern wird. Womöglich bis zum nächsten Tag. Der Kollege Sessler, der dafür eingesetzt war, hat ein privates Problem, seine Frau ist krank. Also habe ich den Finger gehoben. Wenn einer Bereitschaft erkennen lässt, geduldig mitzuschieben, wird das gerne angenommen. Wir arbeiten ohnehin unter Volllast.«

»Dann bin ich Ihnen wirklich etwas schuldig«, sagte Rohleder.

»Das können wir parken. Sicher werde ich Ihre Unterstützung bei anderer Gelegenheit benötigen.«

Es klopfte. Rohleder legte rasch auf. Der Angestellte eines Paketdienstes stand vor der Tür.

»Ich soll Ihnen das persönlich übergeben, hieß es unten am Empfang.«

Rohleder nahm das voluminöse Paket in Augenschein. Absender war der Hera Verlag. Sofort schlug sein Herz höher: Das Buch war angekommen! Er quittierte das Frachtgut und gab dem Boten ein Trinkgeld. Dann setzte er die

Schachtel auf seinem Schreibtisch ab und öffnete sie mit der Papierschere. Er entnahm eines der zuoberst liegenden Exemplare, wendete das lichtblau ausgestattete Werk in seinen Händen hin und her und strich mit der Zartheit eines Liebhabers über das in Folie eingeschlagene Buch. *Leo van Berg, Himmelwärts.*

Sein erster Roman. Eigentlich behandelte der Text die Luftschlacht um England, aber Rohleder hatte sich vom Verlag überzeugen lassen, dass ein populär geschriebenes Werk den Zweck besser erfüllen würde. Er schrieb gern und viel, aber zumeist Artikel, die dann in den hauseigenen Publikationen des Verfassungsschutzes oder denen von Institutionen für politische Bildung veröffentlicht wurden. Der Roman packte die Kriegshandlung in eine Liebesgeschichte, die des Leutnants Bachofen, eines Piloten, der über Folkestone abgeschossen wird, dem danach die Rettung per Fallschirm gelingt und der sich auf seiner abenteuerlichen Flucht durch England in die junge Ärztin Rose Sutherland verliebt. Militärgeschichte und das Drama einer verbotenen Liebe – Rohleder fand, dass ihm Bemerkenswertes gelungen war. Durch sein Pseudonym hoffte er, dass das Werk eine von seinen beruflichen Belangen unvoreingenommene Aufnahme finden würde.

30

»Legen Sie doch etwas Musik auf, Glöckler!«, sagte Halder.

»Wie wäre es damit?« Der Chauffeur startete den Player.

Schon nach dem ersten wuchtigen Akkord und der darauffolgenden Solokadenz war Halder abgelenkt. Er fühlte sich herausgefordert und wollte noch etwas nachtragen: Der Staat hatte Feinde. Punkt! Hauptsatz ohne Einschränkung im Nebensatz. Er wünschte, dass die Einfachheit dieser Aussage in jedem politischen Hirn Einzug halten könnte. Die Feinde standen rechts wie links. Die Gewalttaten der rechten Szene hatten in den letzten Jahren zugenommen. Freilich. Beängstigend war das nur, wenn man sich vorstellte, ein Mob, angestiftet von Wutbürgern, würde die Oberhand gewinnen. Unterzog man diese Gärungsprozesse einer historischen Analyse, zeigte sich, dass das rechtsradikale Potenzial immer schon ein eigentümliches Merkmal aufwies: Es ließ sich gliedern, leiten und in politische und militärische Ordnungseinheiten überführen, vorausgesetzt allerdings, in einer Partei oder einer sonstigen gesellschaftlichen Gruppe artikulierte sich ein entschiedener politischer Wille und eine Leitfigur erhob sich, die sich an die Spitze dieser Bewegung zu setzen vermochte. Die Erfahrungen in Italien, Ungarn, USA und anderen Ländern belegten dies deutlich, wie unvollkommen diese Entwicklung auch geblieben sein mochte. Der Mechanismus selbst wirkte, denn dort, in der grundlegenden Triebkraft rechter Strömungen angesiedelt, zeigte sich die immer gleiche Bereitschaft, das eigene nationale Haus innen zu säubern und neu zu ordnen sowie es nach außen hin abzugrenzen und zu befestigen. Und auf diese beiden Gestaltungskräfte konnte sich erfolgreiche Politik immer schon gründen.

Der Linksradikale war hingegen per se ein unbelehrbarer Feind, weil sich seine Bestrebungen nie in den Dienst einer übergeordneten politischen Strategie stellen ließen, die eine konservative Revolution herbeizuführen trachtete. Einzelne mochten desertieren und ins andere Lager wechseln, wie es damals schon Kommunisten getan hatten, die zu Nationalsozialisten wurden, aber die Bewegung als solche war nicht integrierbar. Sie trieben den Liberalismus auf die Spitze, weil sie Laisser-faire zum Kampfbegriff machten: In der Gesellschaft wurde Chaos gestiftet und Grenzen wurden eingerissen. Man bot sich der feindlichen Übernahme an, kulturell und politisch. Sie lehnten den

Gedanken ab, dass man Teil einer national gewachsenen Kultur war, sie sprachen von Menschenrechten, wenn es um Bürgerrechte ging. Sie verstanden nicht, dass Fremde nie zu Freunden umgewidmet werden konnten. Wer sich auf den Universalismus berief, log immer. Das hatte sich Halder schon während des Studiums hinter die Ohren geschrieben.

»Herrgott noch mal, was läuft denn da?«

»Beethoven, 5. Klavierkonzert«, erwiderte Glöckler.

Alle Menschen sind Brüder und reichen sich die Hände! Schon deshalb hasste Halder Beethoven. Musikalisches Chaos und falsches Pathos!

»Bitte nicht. Was haben Sie denn noch zu bieten?«

»Ich habe die Liste der Aufnahmen ausgedruckt. Wollen Sie selbst mal nachsehen?«

Halder überflog die Titelliste. Oper, Jazz, Schlager – bloß nicht! Aber Glöckler hatte sich erkennbar um Niveau bemüht. Brahms? Das Streichsextett. Sehnen, Hinwendung nach oben, Trost – doch, das konnte man jetzt gebrauchen!

»Brahms, Streichsextett. Bitte gleich mit dem zweiten Satz einsteigen.«

Ja, das war es: Musik, als würde man von zwei Engeln untergehakt und emporgehoben. Dabei das Empfinden von süßer Rührung. Halder tupfte sich mit dem Taschentuch die Nase ab. Er hatte das Gefühl, feuchte Augen bekommen zu haben. Peinlich!

»Kurt, du bist ein Schlappschwanz!«, sagte sein Vater. Erwin Halder wollte von seinem Sohn einen Felgaufschwung vorgeführt bekommen. Im Garten war ein Reckgerüst aufgestellt worden, an dem der Alte Klimmzüge machte. Nur mit der Kraft seiner Arme bleibe er beweglich. Gehe sie verloren, müsse er in den Rollstuhl. Kurt war vor der Pubertät immer etwas moppelig, seine Mutter sprach zärtlich von Babyspeck. Diese Verweichlichung brachte seinen Vater auf die Palme, er wünschte sich einen Sohn, dessen Körper Profil zeigte. Halder stand da, den Rücken dem Vater zugekehrt, die Hände an der Stange und schaute mit zugebissenen Zähnen nach oben, um ein Schluchzen zu unterdrücken. Schon dreimal hatte er versucht, sich aufzuschwingen. Fast wäre es gelungen, immerhin erreichte er mit den Oberschenkeln die Stange. »Noch mal!« Wieder misslang die Übung, Halder ließ sich auf den Boden fallen. »Wie ein nasser Sack!«

Schlappschwanz, Weichei, Waschlappen, Würstchen, Flasche – Erwin Halders derbe Ausdrücke, seinen Sohn als Schwächling zu beschimpfen, schienen unerschöpflich.

Allerdings zeigte auch der Alte Aussetzer; Halder sog solche Geschichten begierig auf. Alf hatte davon erzählt. Erzählen konnte man das eigentlich nicht nennen, wenn Alf etwas schilderte. Er sprach nur in Halbsätzen, in seiner Welt – er hatte fast ausschließlich mit Männern zu tun, die einer körperlich-praktischen Arbeit nachgingen – verstand sich der Rest von selbst, wenn man etwas andeutete. Frauen redeten gern und viel, Männer vermieden daher jede Form von Schwatzhaftigkeit. Der Welt stand man in einem Modus des Besorgens gegenüber, man brauchte etwas oder hatte etwas zu verrichten, mit Menschen verkehrte man in abgestuften Kommando-Tonlagen. Da gab es Vorgesetzte, die es schätzten, dass Alf ohne viel Worte funktionierte. Bei Halders Vater wusste er jede Geste zu deuten, sogar ein Anheben des Kinns oder ein Hochziehen der Augenbraue. Da gab es Kumpel, mit denen man sich auf gleicher Ebene befand und die man mochte, weil man miteinander übereinstimmte. Diese Gemeinsamkeiten waren bekannt und mussten nicht ständig zur Sprache gebracht werden. Schließlich gab es auch Untergebene, die ebenso reibungslos auffassen sollten, wie man es selbst Höhergestellten gegenüber eingeübt hatte. Außerdem schrie Alf, weil er schlecht hörte. Schon deshalb nickten seine Gesprächspartner ständig, denn Zustimmung und Verstehen anzuzeigen, war das tauglichste Mittel, sein Geschrei nicht auch noch durch Widerspruch oder Nachfragen ausufern zu lassen, was ihn in seiner Marotte, in abgehackten Sätzen zu sprechen, noch weiter bestärkte.

Auf diese Weise also erzählte Alf von einem Jagdausflug nach Polen, den er mit Erwin Halder unternommen hatte. Trotz der Verstümmelung, die Granaten bei ihm angerichtet hatten, blieb sein Vater zeitlebens ein Waffennarr. Nach Öffnung der Grenze pachtete er sich ein Jagdrevier im polnischen Westpommern. Hilfskräfte zimmerten ihm Ansitze, die so gebaut sein mussten, dass man einen Behinderten wie ihn hochschaffen konnte. Für solche Ausflüge wurde ein Jeep gemietet, den Alf chauffierte. Damit kam man auf unzugänglichen Pfaden vorwärts. Alf war kleinwüchsig und hatte sich daher noch Waldi als Unterstützung besorgt, einen Allround-Handwerker, der ihm alles löten, schweißen und flicken half, was der Reparatur bedurfte. Noch vor Morgengrauen waren sie aufgebrochen. Zuletzt war noch ein gutes Stück Wegs zu Fuß zurückzulegen. Das mit Gesträuch und hohem Gras zugewucherte Gelände machte Erwin Halder schwer zu schaffen, mühsam arbeitete er sich vorwärts, obwohl Alf und Waldi alles auf dem Rücken trugen, was sie an Ausrüstung, Waffen und Proviant benötigten.

Endlich erreichten sie den Ansitz, von dem aus der kapitale Rothirsch beobachtet worden war, den Erwin Halder zum Abschuss frei hatte. Zweifelnd sah er zur Kanzel hoch, zu der eine zwar breite, aber steile Leiter hochführte. Praktische Lösungen zu entwickeln, war die Stärke von Alf und Waldi. Also hoben sie Erwin Halder gemeinsam auf die dritte Sprosse hoch, Waldi packte ihn dort auf seine Schultern, Alf fasste ihn unter beiden Achseln und so verfrachteten sie ihn Stück für Stück zum Sitz hinauf. Steif wie ein Nussknacker stand der Alte auf den Querstreben, bis von unten Schub und von oben Zug kam. Endlich war es geschafft. Die Strapaze hatte ihn sichtlich gezeichnet, sein Haar klebte am Kopf und sein Gesicht war gerötet. Er löste den Schal und knöpfte seine Jacke auf. Alf gab zunächst Schnaps aus, den konnten sie nun vertragen. Anschließend wurde die im Schornstein geräucherte Kabanos und Brot aufgeteilt.

Alf legte eine Decke um die Beine von Erwin Halder. Der frühe Morgen, der beschwerliche Marsch – der Alte war erschöpft. Bald sank ihm der Kopf auf die Brust, und er schlief. Alf und Waldi hielten Wache. Endlich trabte das stolze Tier in die Lichtung herein. Ein Zehnender! In der Mitte blieb er stehen und hob den Kopf. Alf stieß Erwin Halder mehrfach in die Seite, aber der ließ nicht mehr als ein anschwellendes Schnorcheln von sich hören. Das Tier wurde unruhig und schickte sich an, die Lichtung zu verlassen. Da hielt es Waldi, den Flintenhalter, nicht mehr, er hob die Waffe, legte an und schoss. Der Hirsch machte noch einen unbeholfenen Sprung nach vorne, knickte auf den Vorderbeinen ein und kippte dann zur Seite. Der Alte fuhr hoch, rasch drückte ihm Waldi das Gewehr in die Hand. Schlaftrunken sondierte er die Lage, sein Blick wanderte zwischen totem Tier und warmer Büchse hin und her.

»War ich das oder habe ich das nur geträumt?«

»Waidmanns Heil!«, sagte Alf.

Zweifelnd musterte ihn Erwin Halder.

»Waidmanns Dank!«, erwiderte er schließlich. Als Jurist wusste er, dass man das Undenkbare nie an das Faktische heranrücken lassen durfte.

Halder wiegte den Kopf. Brahms war Balsam. Er schuf Einsicht in die Fehlbarkeit eines jeden Menschen. Er führte ihnen ihre Kleinheit vor Augen, um ihnen anschließend die Hand zu reichen.

Da schlug der Vibrationsalarm des Smartphones an. Brummend wie ein zorniges Insekt schob es sich auf der Holzfläche hin und her.

31

»Lieberwitz? Was gibt's?«

Lieberwitz zögerte, er wusste nicht so recht, wie er seinen Bedenken Ausdruck geben sollte.

»Haben wir denn eine sichere Leitung?«

Halder überlegte. Wie sicher die Verschlüsselung war, konnte er nach Lage der Dinge nicht genau sagen. Dass die andere Seite nun aber die Mittel hatte, ihren Telefonverkehr mitzuhören, durfte bezweifelt werden.

»Reden Sie schon!«

»Wir sind den beiden auf der Spur. Lange Zeit war wegen des starken Verkehrs in der Innenstadt überhaupt nicht klar, wohin die Reise gehen sollte. Jetzt wissen wir immerhin soviel, dass sie München in westlicher Richtung verlassen.«

»Sicher haben Sie schon das Gebiet auf mögliche Ziele hin überprüft.«

»Haben wir. Prominentestes Ziel wäre der Fliegerhorst Penzing.«

Halder zuckte zusammen. Einen ähnlichen Fall hatte es bereits einmal gegeben. In diesem Fall waren militante Linke zu einem Militärstützpunkt gefahren und hatten dort Geländefahrzeuge in Brand gesteckt.

»Sind wir auf diesen Fall vorbereitet?«

»Das LKA hat eine Eingreiftruppe unter dem Codenamen *Eagle* zusammengestellt ...«

»*Eagle*?«

»Auf dem Telefonmitschnitt von heute sagt einer zum anderen: ›The eagle has landed.‹«

»Okay. Dann haben wir also alles im Griff?«

»Haben wir.«

32

Rohleder pflegte ein Faible für Übungen, mit deren Hilfe man die geistigen Kräfte intensivieren und stärken konnte. Seitdem es ihm gelungen war, Nina, eine frühere Freundin, durch Hypnose in Trance zu versetzen, glaubte er, dass ein großes Potential in ihm schlummerte. Immer wieder kamen Phantasien über ihn, was er wohl anstellen würde, wenn die von ihm gelenkten Personen auf jeden seiner Wünsche und Befehle reagieren mussten. Hochmütige würden in Demut ihr Haupt beugen, Abweisende würden sich glücklich schätzen, ihm zu Willen sein zu dürfen, und Böse würden bestraft. Bei näherer Beschäftigung mit dem Thema verstand Rohleder jedoch, dass die überlegenste Macht darin bestand, die eigene Stärke nicht zu nutzen. Diese Haltung lief zwar dem gesunden Menschenverstand zuwider, wer sie jedoch auf sich wirken ließ, den wehte das Geheimnis des Sakralen an.

Buddhistische Mönche, so hatte er gelesen, waren meditierend in der Lage, alle Körperfunktionen so herunterzufahren, dass sie sich in Wesen umgestalteten, die nur noch geistig existierten. Meistern gelang es, grobstoffliche Masse wieder in Lichtenergie zu verwandeln und sich durch die Lüfte zu bewegen. Wenn sie unumkehrbar und mit letzter Konsequenz diesen Zustand ausschritten, setzte ein behutsames Verlöschen des Lebens ein. In der letzten Phase verzichteten sie auf jegliches Essen und Trinken, entwickelten dabei aber ein Höchstmaß an geistiger Kraft, die den Körper nicht jäh in einem kurzen Akt die Grenze zum Tod überschreiten ließ, sondern ihm ein lang anhaltendes Aushauchen des Lebensatems schenkte. Täglich läutete der Mönch ein Glöckchen, um anzuzeigen, dass er noch lebte. Schwieg es, wurde das kleine Loch seiner Gruft fest verschlossen. Auserwählten gelang es, sich selbst zu mumifizieren.

Daran war bei Rohleder nicht zu denken, zumal ihm das Wiener Schnitzel schwer im Magen lag. Der alte Fehler: Schwein anstelle von Kalb, frittiert, nicht gebraten, dazu in billigem Fett. Außerdem hatte sich die Meditation für ihn als unzuträglich erwiesen. Der Lotossitz bereitete ihm große Schwierigkeiten. Der Idee der Meister folgend, versuchte er den körperlichen Widerstand zu brechen und zwang sich zu dieser Haltung, bis die Schmerzen so groß geworden waren, dass sich die Knie nicht mehr beugen ließen. Der Arzt diagnostizierte eine Schleimbeutelentzündung. Seither hatte sich Rohleder von dieser Technik verabschiedet, die ihn allerdings ohnehin nicht weitergebracht hatte, als sich entspannen zu können.

Im Moment umrundete er wiederholt seinen Schreibtisch, um klarer denken zu können. Aristoteles hatte seine Schüler in einer Säulenhalle umherwandelnd unterrichtet. Nach einer Weile stellte Rohleder jedoch fest, dass sich seine Gedanken eher zerstreuten als bündelten. So nahm er schließlich auf seinem Stuhl eine lockere Kutscherhaltung ein. Diese war durchaus geeignet, allerdings konnte es passieren, dass die Vorstellungen, die durch den Kopf huschten, immer stärker einen Drall ins Unwirkliche bekamen. Dann war man tiefenentspannt und stand kurz vor dem Einnicken.

Rohleder fragte sich, warum er den Annahmen so sehr misstraute, die zu der Aktion *Eagle* geführt hatten. Bauchgefühl, dachte er und machte sich daran, seine Bedenken zu analysieren.

Die beiden Beamten Röhricht und Dobeleit waren zur Beobachtung eines Parkplatzes im Münchner Norden beordert worden. Nach all dem, was für Rohleder an Informationen greifbar war, handelte es sich dabei um eine Anweisung ihrer Dienststelle, die mit keiner anderen Behörde abgesprochen war. Wozu auch? Der Vorgang war reine Routine. Sie standen dort, wie man annehmen durfte, an einem blickgeschützten Platz, von dem aus sie das gesamte Gelände im Zugriff hatten. Am zweiten Abend wurde das Dienstfahrzeug nach der Methode *Nobelkarossentod* abgefackelt. Röhricht kam in dem brennenden Wagen um.

Normalerweise wurde Benzin als Brennstoff verwendet, manchmal auch Isopropanol, in diesem Fall jedoch Spiritus. Das musste noch einmal bedacht und beurteilt werden.

Halder zauberte nun flugs in Michael Löwenberg und Fritz Uhlbeck zwei Verdächtige aus dem Zylinder, die er mit größtmöglichem Aufwand überwachen ließ. Die beiden waren gewiss nicht ganz sauber, da war Rohleder ganz bei Halder, aber er wurde das Misstrauen nicht los, dass sein Chef diesen Verdacht nur als Hebel benutzte, um einen vollständig anderen Plan umsetzen zu können.

Worauf gründete sich dieser Verdacht?

Röhricht war Teil eines rechtsnationalen Netzwerks und schrieb Drohbriefe an Linksradikale. Die Daten dazu hatte er sich aus polizeilichen Akten geholt. Clubartige Vereinigungen wie *Judge Dredd* unterstützten solche, wie sie fanden, mutigen Eigeninitiativen. Rohleder hatte von ihnen gehört, er war selbst schon einmal über einen Münchner Kontakt eingeladen gewesen, nachdem seine Thesen zum NSU öffentlich geworden waren. Allerdings waren Röhrichts Beweggründe nicht frei von persönlicher Rachsucht. Er reagierte auf ein denunziatorisches Foto, das von ihm gepostet worden war. Michael Löwenberg und Fritz Uhlbeck waren von ihm angegangen worden und hatten daher ein belastbares Motiv. Vorausgesetzt, sie hätten überhaupt Kenntnis davon erlangt, dass es sich bei dem anonymen Briefeschreiber um Röhricht handelte. Und, dies war vermutlich noch wichtiger, sie hätten gewusst, dass sich Röhricht am nämlichen Tag auf dem Parkplatz aufhalten würde.

Als Rohleder die Puzzleteile dieses Falls nochmals sortierte, kam er zu der Auffassung, dass es unwahrscheinlich war, von Michael Löwenberg und Fritz Uhlbeck als Tätern auszugehen.

Wer dann?

Es musste sich, so folgerte Rohleder, um einen oder mehrere Täter gehandelt haben, die zufällig auf Röhricht und Dobeleit gestoßen waren und dann die sich bietende Gelegenheit wahrgenommen hatten, das Polizeifahrzeug anzuzünden.

Rohleder besah sich im Spiegel und tippte mit den Zeigefingern an die linke und die rechte Schläfe. Irgendwo, von dieser hartschaligen Kalotte umschlossen, war der Sitz überlegener Geisteskraft anzusiedeln. Zufrieden nickte er seinem Spiegelbild zu.

»Fesch samma!«

Österreichisch gesprochen klang das Lob besonders lässig.

33

»Wie sieht es aus, Glöckler?«

Der Chauffeur wiegte den Kopf. »Im Moment nicht schlecht. Aber der Berufsverkehr bei Stuttgart kommt erst noch. Insofern… Ich würde noch etwas zuwarten. Oder eine unverbindliche Warnmeldung absetzen?«

Das genau war es, was Halder hasste. Hätte, könnte, würde! Diese konjunktivische Kommunikation brachte statt Tatsachen nur Befindlichkeiten und Wünsche zum Ausdruck. »Sprich im Indikativ!«, herrschte ihn sein Vater an, wenn er stotternd nach Ausflüchten und Entschuldigungen suchte.

Halder zog eine Mappe mit rosafarbenem Umschlag aus seiner Tasche. Wenn die Farbe von Lieberwitz als Scherz gedacht war, war es ein schlechter. Halder hatte lange überlegt, wie er seinen Assistenten auf die gewünschte Fährte setzen könnte. Er holte ihn in sein Büro.

»Folgende Bitte: Ich werde bei meiner Fahrt nach München eine ehemalige Schulfreundin treffen. Privat natürlich.«

Lieberwitz arbeitete mit dem Oberkörper wie ein Engerling, der sich aus dem Erdreich schiebt. Die Ankündigung bereitete ihm Unbehagen. Entweder begann Halder nun mit Geständnissen, die niemand hören wollte, oder irgendeine Vermischung von Dienstlichem und Privatem stand bevor.

»Es mag auf den ersten Blick so aussehen, als wollte ich das Dienstliche mit dem Privaten vermengen. Aber darum geht es nicht.«

Lieberwitz war dankbar für diese Ansage, der offenbar ein Ausweg folgen würde, den ihm Halder wies.

»Ich bin Leiter dieser Behörde und als solcher muss ich sicher sein können, dass ich nicht in eine Honigfalle tappe. Drücke ich mich verständlich aus?«

Lieberwitz nickte.

Halder reichte ihm einen Zettel. »In diesem Sinne möchte ich, dass Sie die folgende Dame auf sicherheitsrelevante Einwände hin überprüfen und mir zusammenstellen, was Sie herausbekommen haben.«

»Bis wann?«

»Innerhalb der nächsten Tage. Sie wissen ja, wann ich mich auf Dienstreise begebe.«

Bald darauf kam Lieberwitz mit einem Konvolut zurück, das er in einen rosafarbenen Einband gepackt hatte.

34

Lena hatte zeitlebens ihren Mädchennamen Dernburg behalten. Schon hier stockte Halder. War das als Statement zu verstehen? Ich schaffe es alleine, ich brauche keinen Mann? Sie war nach dem Abitur ein paar Jahre lang auf Reisen gewesen, jeder wolle einmal die Welt umrunden. Zurück in Deutschland wurde sie schwanger. Sie brachte eine Tochter zur Welt, Friederike, die später allerdings nur noch Fritzi genannt wurde.

Wo war der Mann dazu? Halder blätterte hin und her. Es gab keinen. Lena war schon zu Schulzeiten von einem unbändigen Freiheitswillen getrieben gewesen. Das machte sie so attraktiv. Sie wäre eine Trophäe gewesen, mit der sich jeder Junge gern geschmückt hätte. In Lehrerkreisen sprach man von ihr als *Wildfang*. *Wild* traf zu, *Fang* leider überhaupt nicht. Sie turnte ihre Mitschüler in Grund und Boden. Kletterte flink die Stange hoch bis unter die Decke, beherrschte den mehrfachen Umschwung am Reck und ging mit Salto ab. Außerdem spielte sie E-Bass in der Schülerband, drei Jungs, ein Mädchen und dann dieses heftige Instrument, mit dem sie die Bauchdecke der Zuhörer vibrieren lassen konnte. Ihr Bass hing ziemlich weit unten, wahrscheinlich, so Halders feuchte These, weil er sonst mit ihrem stattlichen Busen ins Gehege gekommen wäre.

Sie durchfuhren einen Tunnel. Halder besah sich in der Fensterscheibe. In ihm erwachte etwas. Wohl eine Art Raubtier. Jedenfalls stellte er fest, dass er mit den Vorderzähnen an seiner Unterlippe zu schaben begonnen hatte.

Solche Träume verflüchtigten sich nie. Weil in jedem von uns ein jugendliches Ich nistet, alterslos ohne Falten und Runzeln, kühn und immer wieder neu überwältigt von der Kraft der eigenen Wünsche. Natürlich wusste Halder, dass er als Jugendlicher keine gute Figur abgegeben hatte. Inzwischen war er jedoch an einem Höhepunkt seiner Karriere angekommen, der die Qualen der Jugend rückwärtig umdeutete und illuminierte, denn schließlich war am Max-Planck-Gymnasium einer aufgezogen worden, der zu Großem bestimmt war. Die Lässigen, die Aufsässigen, die Gutaussehenden von damals waren heute bauchige Herren, die auf eine schmale Rente zusteuerten und dummes Zeug schwätzten. Mittlerweile schätzte sich die Lehranstalt glücklich, wenn Halder sich ihr für einen Besuch zuneigte.

Lena hatte ihrer Weltreise wegen das Studium erst mit Verspätung aufgenommen, aber rasch die nötigen Abschlüsse gemacht, um als Therapeutin tätig werden zu können. Psychologie, hm! Halder runzelte die Stirn, das Fach hatte für ihn Hautgout. Seelenleben, was war das denn? Eine archaische Mythenwelt, gegen die das Nibelungenlied ein harmloser Stoff war.

Ein Indianer kennt keinen Schmerz! Diese Wendung hatte auch sein Vater gern verwendet. Wahrscheinlich dachte einer seines Jahrgangs dabei an Karl May, an die bewundernswerte Leidensfähigkeit von *Rothäuten* am Marterpfahl. Münzte man diesen Ausdruck auf die Psychologie, lautete er: Ein Mann kennt kein Seelenleben. Er reißt sich am Riemen.

Natürlich gab es Personen, die schlicht verrückt waren. Jedes Dorf hatte einen Trottel, der verstandesmäßig nicht von dieser Welt war. Er wurde verwaltet, man wies ihm seinen Platz zu. Aber heilen? Wann hätte man je gehört, dass es der Psychologie gelungen sei, solche Menschen zu kurieren? Auch in Halders Familie gab es eine schrullige Person. Selbstverständlich gehörte sie verwandtschaftlich auf die mütterliche Seite. Eine Cousine, die in einem muffigen Zimmer bei ihren Eltern lebte. Sie sammelte Osterhasen. Die Kollektion stand auf ihrem Schrank. Außerdem war sie bigott. Neben dem Bett stand ein Kanister voll Lourdeswasser. Halder fand sie witzig, sie lachte und spielte gern. Wenn sie murrend aufbegehrte, war sie so kindlich wie Halder damals. Bald merkte er, dass er mit ihr keinen Umgang haben sollte. Von einer hereditären Belastung zu sprechen, wäre eine Beleidigung gewesen, die nicht einmal ein harter Brocken wie sein Vater aus Rücksicht auf seine Frau in den Mund nahm. Durch eine Verschlingung der Nabelschnur sei sie mit Sauerstoffmangel auf die Welt gekommen, hieß es. Ein tragischer Fall. Aber auch hier dachte niemand an Psychologie.

Jedenfalls schien Lena der psychotherapeutischen Tätigkeit überdrüssig geworden zu sein. Sie wechselte in die Betriebspsychologie, machte Coachings als Freiberuflerin. Halder kannte solche Maßnahmen, die in die Betriebe und Behörden schwappten. Die Kosten waren überschaubar, die Mitarbeiter, für eine Weile zumindest, zufriedengestellt. Sie lernten ihre Kollegen als Menschen kennen. Donnerwetter, was für ein Effekt! Halder spendierte seinen Leuten solche Seminare, er selbst machte dergleichen nie. Mit den anderen auf einem Floß oder in einem Kanu sitzen? Sich an den Händen fassen? Ein Seil hinaufklettern, das einer wie Rohleder hielt? Kam nicht in Frage! Lena konnte das, das leuchtete ein. Sie hatte eine gewinnende Art, strahlte Optimismus aus und war so hübsch, dass jeder ihr gefallen wollte.

Aber die Theorie dahinter, ein Blick in den Abgrund! Körpersprache verstehen und kontrollieren: Menschen als gorillaartige Hominiden, die sich aufblähten, in sich zusammensanken, die Beine spreizten oder die Arme zum Willkommen ausbreiteten. Kommunizieren lernen. Blitzyoga oder Feng-Shui im Büro. Dann doch lieber übersichtliche Tabellen und Charts erstellen oder freundlich telefonieren, statt raunzen.

Jetzt lebte sie in Utting am Ammersee. Sie bewohnte dort ein heimelig wirkendes Holzhäuschen. Von dort aus gab sie Tipps zur Gartenpflege und wandelte sich zum Gesundheitscoach. Im Einklang mit der Natur. Lena blieb auf der Höhe der Zeit, solche Themen waren jetzt gefragt. Nulltoleranz gegenüber Müll. Es gab keinen Müll. Alles musste sich recyceln, wiederverwerten oder kompostieren lassen. Anderes wurde nicht gekauft. Natürlich hatte Halder Sensorien für den Zeitgeist. Deshalb würde er nie verraten, dass der Müllschlucker für ihn ein Glanzlicht zivilisatorischer Errungenschaften war. Klappe auf und weg war der Ramsch!

Lena tendierte zu Grün, das war klar. War aber kein Beinbruch, denn auch diese Partei war inzwischen staatstragend geworden. Und am Ende der Kette standen Wertkonservative, die ihren Gesinnungsgenossen in den anderen Parteien die Hand reichten. Außerdem war Bewahrung der Natur keine genuin linke Parole. Unter den Grünen der ersten Stunde war das völkische Lager stark vertreten. Verhielt sich auch heute noch so: Jede noch so braune Wiking-Truppe betrieb Jugendbetreuung als Zeltlager-Abenteuer. Der deutsche Wald war uns immer schon angelegen, diese Liebe war spätestens seit Hermann dem Cherusker genetisch.

Halder blätterte in den Fotos. Da hatte Lieberwitz ganze Arbeit geleistet, und es sich nicht nehmen lassen, die Bilder in hoher Qualität auf den Farblaser zu schicken. FKK auf der Insel Krk. Mit Freundin Sophie und ihren Kids, aber schon wieder ohne Mann. Halder drehte den Ordner, um das im Querformat eingeheftete Foto besser betrachten zu können. Freilich, auch Lena war älter geworden, aber sie hatte ihre gute Figur behalten. Und der Busen schien nur wenig von seiner jugendlichen Straffheit verloren zu haben. Rasch schlug Halder die Seite um, womöglich gab es eine Spiegelung im Fenster, die Glöckler bemerkte.

Ein Gedanke allerdings nagte in ihm, er hatte ihn immer wieder beiseitegeschoben. Fritzi, Lenas Tochter, war den Angaben zufolge etwa vierzig Jahre alt. Halder ging zum Anfang zurück und rechnete. Geburtsdatum minus neun Monate. Das ergab Winter, genauer gesagt: Februar. Exakt der Monat, an dem sie sich oben in der Wildschönau wieder zusammengefunden hatten. Feuerzangenbowle. Feuchtes Schamhaar.

So ähnlich musste sich das anfühlen, wenn man in eine Gletscherspalte fiel. Ein endloser Sturz. Halder nahm den Aufprall vorweg: Viel sprach dafür, dass Fritzi seine Tochter war. Na und! Der Gedanke belebte ihn. Er, Vater einer attraktiven Tochter, gezeugt mit der damals schönsten Frau weit und breit.

Das Ziel der Natur war die Weitergabe des eigenen Genmaterials an die nächste Generation. Dazu war ihr jedes Mittel recht. Sogar Feuerzangenbowle.

35

Fritz Uhlbeck schaute in den Rückspiegel. »Ständig sehe ich Münchner Taxis hinter uns. Oder bilde ich mir da was ein?«

»Mann, mach dich locker. Seit diesen Briefen ist bei dir eine richtige Paranoia ausgebrochen«, sagte Mick.

»Mag sein. Aber davon geht mein ungutes Gefühl auch nicht weg. Wie war das mit Olli?«

»Das Ganze war nur ein vager Plan. Aber er musste das überall herumposaunen. Effekt: Man hat ihn observiert. Olli ist ein Maulheld, ob er tatsächlich zur Aktion übergegangen wäre – ich weiß nicht. Aber inzwischen genügen schon die Zutaten, um dich vor der Tat festzunehmen.«

»Den da meine ich!« Fritz deutete auf einen weißen Passat, der mit ihnen die rechte Spur verließ, um einen Lastwagen zu überholen.

»Nimm die nächste Ausfahrt. Schöffelding. Dann fahren wir ein Stück über Land und gucken mal, wie viele Taxis uns noch auf der Spur sind.«

»Zeit genug haben wir, oder?«

»Jede Menge. Wenn wir den Umweg nehmen, könnten wir in Landsberg eine Pause einlegen. Weißt du noch, wie das Gasthaus am Hauptplatz hieß?«

»Keine Ahnung. Aber das machen wir«, erwiderte Fritz.

»Wenn du irgendwo vorher mal kurz anhalten könntest. Parkplatz mit Baum wäre ideal...«

Fritz grinste. »Okay. Ich leiste dir Gesellschaft.«

36

»Entweder sie sind besonders schlau oder schlicht doof«, sagte Kottke.

»Wieso?«, fragte Rohleder.

»Erstmal haben sie die Autobahn verlassen. Über Land fallen wir natürlich in weißen Taxis brutal auf. Und dann sind sie direkt vor dem Fliegerhorst rechts ausgeschert, um am Straßenrand zu parken.«

»Und jetzt?«

»Pissen sie beide gegen einen Baum.«

»Wie geht es weiter?«

»Das Taxi ist durch. Jetzt übernimmt der graue Kombi, in den ich gleich steigen werde.«

Nachdenklich schaute Rohleder auf sein Telefon. Normalerweise machte er sich keine Gedanken, wenn er untergeordneten Beamten Weisungen erteilte. Aber Kottkes Bereitwilligkeit, ihm zu helfen, stimmte ihn misstrauisch. Was wollte der Mann eigentlich?

Auf dem Schreibtisch lag ein Zettel. Rohleder hatte darauf gekritzelt: *Gelegenheit macht Täter*. Der Gedanke war richtig, aber wie konnte man ihn ausdeuten? Er blätterte sich durch die elektronische Akte, die ihm allerdings nicht vollständig zur Verfügung stand. Einen Teil davon hatte Halder sperren lassen. Um diesen Schutz zu knacken, genügten auch Rohleders Netzprivilegien nicht. Aber die Logdateien waren zugänglich, und so konnte er das Vorgehen der Ermittler studieren. Dabei stieß er auf einen interessanten Fundus von Videodateien und stellte fest, dass man die Spur, wie sie ihm vor Augen war, bereits verfolgt hatte. Offenbar schien seine Idee durchaus brauchbar.

Der angrenzende Großmarkt hatte bereits vor Jahren ein Sicherheitssystem installieren lassen, mit dem Kunden an der Kasse per Video überwacht wurden. Zunächst ging es darum, ohne Bezahlung durchgeschmuggelte Waren zu erfassen. Ein Mitarbeiter der Security saß vor Monitoren und griff, wenn nötig, ein. Später musste eine funktionierende Kontrolle an den Selbstbedienungskassen eingerichtet werden, an denen Kunden ihren Einkauf selbst einscannen und verrechnen konnten.

Die Vorgehensweise der Ermittler war durchaus schlau. Ein möglicher Gelegenheitstäter würde sich an Ort und Stelle mit dem nötigen Material versorgen. Spiritus eben. Die Flaschen mit Benzin oder Isopropanol zu befüllen, wäre umständlich und auffällig. Solche Vorbereitungen traf man anderswo, aber nicht vor Ort. Um solchen Unbekannten auf die Spur zu kommen, waren die am fraglichen Tag erfolgten Verkäufe von Grillanzünder und Spiritus zusammen mit dem Zeitpunkt der Bezahlung erfasst und dann den Videobildern zugeordnet worden, die aufgezeichnet worden waren, um besonders dreiste Diebstähle auch noch im Nachhinein aufdecken zu können.

Rohleder nahm sich vor, dieses Material selbst noch einmal zu sichten.

37

Lieberwitz begann sich in seiner neuen Umgebung zunehmend wohlzufühlen. Die Vertrauensstellung, die er in Halders Abwesenheit so offensichtlich bekleidete, machte auch Eindruck bei Anke Born. Sie schien ihm gewogener als sonst und hatte ihm sogar aus der Kantine einen Milchkaffee mit Nusshörnchen gebracht. Außerdem vereinbarten sie, sich zu duzen.

Tilo! Anke!

Lieberwitz handelte mit allen Vollmachten, das wattierte ihn innerlich und ergriff auch Außenstehende wie Anke Born. Vielleicht war heute eine Gelegenheit, sie zu fragen, ob sie sich mit ihm zum Abendessen verabreden würde?

Aber wer war eigentlich dieser Kottke, mit dem Rohleder so angelegentlich telefonierte? Lieberwitz machte sich, mit den Zugangsprivilegien seines Chefs ausgestattet, im Intranet auf die Suche.

Kottke war in Berchtesgaden geboren und nach der Mittleren Reife in Freilassing zur Polizei gestoßen. Über interne Weiterbildungsmaßnahmen war er in den höheren Dienst aufgestiegen. Diesen Zugang verschaffte er sich durch einen fast zehnjährigen Aufenthalt in Thüringen am LKA in Erfurt. Solche Versetzungen waren nicht sonderlich beliebt und wurden daher mit Beförderungen belohnt.

Da war sie ja schon, die gemeinsame Schnittmenge mit Rohleder! Lieberwitz schaute sicherheitshalber noch einmal nach: Tatsächlich, beide hatten sich zur selben Zeit in Erfurt aufgehalten. Dass sie sich dort begegnet waren und näher kennengelernt hatten, lag auf der Hand. Westbeamte in der Ostdiaspora bildeten nicht selten einen eigenen Stammtisch.

Lieberwitz spreizte die Hände vom Keyboard und schaute unschlüssig auf seine Finger. Da gabe es noch etwas! Er war sicher, den Namen Kottke auch in anderem Zusammenhang gehört zu haben. Er schloss die Augen. Es musste vor einer Woche gewesen sein, als er mit der Erstellung einer Papierversion der Akte Nordring für seinen Chef betraut war. Lieberwitz öffnete die Akte und startete einen Suchlauf.

Auch Gudrun Korsukiewicz stand im Verdacht, interne Adressdaten aus einem Register weitergegeben zu haben, in dem man Mitglieder der militanten linken Szene erfasste. Die Mutmaßung war entkräftet worden, weil ihr Verlobter, Polizeikommissar Röhricht, ausgesagt hatte, sich in eigener Initiative Zugang zu diesem Register verschafft zu haben. Weitere Anhaltspunkte, die gegen die Polizeikommissarin Korsukiewicz sprachen, waren nicht stichhaltig, da sie aus dienstlichen Gründen ständig mit diesen Daten zu arbeiten hatte.

Als Röhricht dann in dem brennenden Fahrzeug umgekommen war, hatte Korsukiewicz umfangreich über ihre Beziehung zu ihm ausgesagt. Man erhoffte sich davon Anhaltspunkte, ob und wie er sich Feinde gemacht haben könnte. Natürlich brachte sie dabei seinen ausdauernden Hader mit den Linksradikalen zur Sprache. Auch die Vergangenheit wurde näher beleuchtet. In diesem Zusammenhang erwähnte sie, dass sie zuvor mit ihrem Kollegen Kottke liiert gewesen war.

Lieberwitz atmete so tief ein, dass sich seine Brust blähte. Röhricht, Korsukiewicz und Kottke bildeten ein Beziehungsdreieck!

38

Na gut, dachte Halder trotzig, dann habe ich eben eine Tochter. Woher sie kommt und wo sie bisher war, geht niemanden etwas an. Er spiegelte die Vorstellung in verschiedene Anlässe, zu denen er mit ihr auftreten würde. Bei Karnevalssitzungen, auf Einladungen des Innenministers, beim Berliner Presseball, beim Sommerfest seines Hauses. Sie würde ihn schmücken, dessen war er sicher. Dass er ihre Kindheit, Jugend und Berufsausbildung nicht mitbekommen hatte, war kein Nachteil. Sie würde nun schon fertig vor ihm stehen, wäre längst zu einer Frau gereift. Alle Sorgen und Auseinandersetzungen um eine Heranwachsende waren in ihrem Fall ausgestanden.

Würde sie sich überhaupt dazu bereitfinden? Natürlich hatte auch er Einiges zu bieten: Sie würde erben. Halder war von seinem Vater gut ausgestattet und zeitlebens sparsam gewesen. Sie würde zudem Anteil an seiner gesellschaftlichen Stellung haben, ein nicht zu unterschätzender Vorteil in ihrem sonstigen Leben. Halder war willens, diese Fügung des Schicksals als eine glückliche zu nehmen.

Mit Wehmut dachte er an Nadja zurück. Ihren Namen empfand er immer noch als ein erotisches Versprechen, aufregender allerdings, als es die Person je gewesen war. Er rechnete nach. Knapp zehn Jahre hatten sie zusammengelebt. Warum kam es eigentlich nie zur Heirat, die eigentlich versprochen war? Es gab immer den inneren Vorbehalt, ein Gefühl, dass irgendwo die eigentliche Frau noch wartete, die er heiraten sollte. Fast zart tastete er sich an den Gedanken heran, dass diese Person Lena sein könnte.

Nadja war Sekretärin im Innenministerium gewesen. Sie arbeitete seinem Kollegen Pütrich zu, der als Ministerialrat für den Bereich Sport zuständig war. Halder bekleidete damals noch den Rang eines Regierungsdirektors, allerdings mit Dynamik nach oben. Nadja interessierte sich nicht nur für Sport, sie hatte ihn selbst auch aktiv betrieben und war beim Einer-Kunstradfahren der Frauen deutsche Vizemeisterin der Juniorinnen geworden. Nach einigen groben Stürzen, wider alle Ratschläge trainierte sie in ihrem Heimatverband ohne Übungsleiter, musste sie sich dann von dieser Sportart verabschieden. Nadja war schlagfertig und frech, hätten seine Eltern noch gelebt, hätte er es nie gewagt, sie ihnen vorzustellen.

Ihr erstes Treffen war eines der peinlichen Sorte. Halder brachte ein Memorandum persönlich bei Pütrich vorbei. »Hier ablegen!«, wies Nadja ihn an und deutete auf den Posteingangskorb. Verblüfft legte er das Papier obenauf. Er stand vor ihrem Schreibtisch, sie musterte ihn und sagte dann: »Es zieht, Herr Halder!« Ratlos verließ er das Zimmer, bemerkte dann allerdings noch auf dem Gang, dass sein Hosenschlitz offen stand. Für ihn war das eher ein Grund, ihr künftig auszuweichen. Sie allerdings posaunte die Bekanntschaft zu ihm in der Kantine auch über mehrere Tische hinweg aus.

Frauen stießen Halder zu Anfang fast immer ab. Es gab kaum eine, die er vom ersten Blick an attraktiv gefunden hätte. Da passte Vieles nicht. Ein herber Zug um den Mund, ein zu ausladendes Becken, zu viel oder zu wenig Busen. Noch nicht einmal in seinen Phantasien fand er Zugang zu ihnen. So ging es ihm auch mit Nadja. Sie war ihm zu burschikos, schillernd wie die Figur in einem Mantel-und-Degen-Film, bei der man nicht wusste, ob es sich um eine als Mann verkleidete Frau oder einen als Frau verkleideten Mann handelte.

Dann aber nach einer Weile, als könnte er in seiner Phantasie die Person in die gewünschte Form umschnitzen, begann er ihre Vorzüge zu entdecken. Nadja war schlank, immer noch gut trainiert und hatte eine perfekte Hosenfigur. Halder träumte davon, dass sie sich im Bett als kleiner Teufel entpuppen würde. Außerdem war sie unterhaltsam und witzig. In ihrer Gegenwart entwickelte auch Halder das Gefühl, ein, wie seine Mutter das bewundernd von manchen Männern sagte: Causeur zu sein. Auch in Gesellschaft wurde diese Veränderung bemerkt. Nadja ließ

Halder besser wirken als er war. Ihre Begleitung verschaffte ihm eine ähnliche Sicherheit wie ein gutsitzender Anzug.

So pirschte er sich näher an sie heran und versuchte, sie auf seine Seite zu ziehen.

Nadja betrachtete ihn mit gemischten Gefühlen. »Kurt, du bist eine Trockenpflaume!«, war einer ihrer neckend ins Spiel gebrachten Vorwürfe an ihn. Andererseits bewunderte sie seine Ernsthaftigkeit und seine Dienstauffassung, die immer moralisch geprägt war und vor allem unbestechlich blieb. Er erinnerte sie an ihren Vater. Nadja kam aus Brandenburg, ihre Familie entstammte dem dortigen protestantischen Milieu.

Halder hatte sich zudem im Ministerium weiter nach oben gearbeitet, seine Expertise vor allem in der Bewertung von Gesetzesvorhaben war gefragt. Seine Einlassungen waren zielsicher, seine Bedenken stets überlegenswert und seine Empfehlungen ausgewogen. Er war ein juristischer Kärrner, wie ihn sich der Minister wünschte.

Als Eroberer verfuhr Halder mit penibler Systematik. Er ließ nicht nach. Mochten seine Zuwendungen auch hölzern wirken, wie einem Lehrbuch für Verführer entnommen, war doch an der Ernsthaftigkeit seiner Absichten nie zu zweifeln. Esseneinladungen, Theaterbesuche, Geschenke und kleine Aufmerksamkeiten, wenn Halder ein Gebiet beackerte, dann gründlich. Nadja genoss zwar seine Anstrengungen, mit der Zeit fühlte sie sich jedoch unter Druck gesetzt und wusste das, was er ihr entgegenbrachte, nicht mehr zu parieren.

Eines Abends hatten sie sich zu einem Theaterbesuch in Halders Wohnung verabredet, wo sie noch einen Aperitif einnehmen wollten. Nadja war misslaunig, Halder bearbeitete ihren Widerstand mit der Geduld eines Drillbohrers. Impulsiv, als gälte es eine Tafel abzuräumen, indem man Tischtuch samt Geschirr in einem Ruck herunterzieht, riss sie sich die Kleider vom Leib und warf sich auf sein Bett: »Na los, nun fall endlich über mich her!«

Halder betrachtete die nackte Frau, die in seinem Bett lag, zwar mit Wohlgefallen, dennoch gehörte er zu denen, die die Sinnhaftigkeit eines Ziels immer dann in Zweifel zogen, wenn es erreicht war. Ihr erster Beischlaf bildete so das Muster für alle folgenden: Nadja gab etwas zurück, zu dem sie sich verpflichtet fühlte, Halder verhielt sich gehemmt, weil er nicht wirklich erobern konnte, sondern überwältigt werden wollte.

Dieses Missverständnis führte zu einem Arrangement, das nur zwei vernünftige, protestantisch gestimmte Geister eingehen konnten und demzufolge Nadja sonntags Essen kochte und sie sich dann gemeinsam zu einem Mittagsschlaf legten. Zu diesem Anlass durfte Halder, wenn er wollte.

Halder betrieb die Vereinnahmung von Nadja mit der ihm eigenen Konsequenz, er wollte sie ganz für sich haben. Die Umstände spielten ihm dabei in die Hände. Ministerialrat Pütrich wurde versetzt, und Nadja sollte in eine andere Abteilung wechseln. Sie wäre dann dem späteren Staatssekretär Sifferling zugeordnet gewesen. Sifferling war fett, betatschte Frauen und war nicht mit Hilfe seiner Qualifikationen ins Haus gekommen, sondern mit dem richtigen Parteiticket. Nadja wehrte sich mit Händen und Füßen gegen diese Maßnahme. Was jedoch in der Personalabteilung beschlossen worden war, blieb unumstößlich.

In dieser Situation machte Halder Nadja ein verlockendes Angebot. Sie müsse als seine künftige Frau ohnehin nicht arbeiten, schon gar nicht unter Umständen, die ihr zuwider seien. Sie willigte ein, kündigte, und Halder hatte nun eine Frau im Haus.

Jäh erwachte Halder aus seinen Gedankenträumereien. Unruhe hatte ihn gepackt, eine, die von den anderen Fahrzeugen draußen auf ihn gekommen war, von ihrem ungeordneten Kreuzen und Ausweichen. Dann nahm die Gefahr Gestalt an, als er in einiger Entfernung einen Kleinwagen auf sie zukommen sah, der sie frontal erfassen würde. Halder krallte sich in den Sitzpolstern fest und stemmte sich beidbeinig gegen den Boden. Endlich reagierte Glöckler. Er riss das Steuer herum und manövrierte den schweren Wagen brachial auf die rechte Seite. Das Dienstauto geriet ins Schlingern, eine Weile lang war zu befürchten, dass sie sich überschlagen würden, kreischend zeichneten sie eine Bremsspur auf die Fahrbahn, das Innere vibrierte, dann gab es einen Ruck, der beide zurück in die Polster warf, und der Audi war auf dem rechten Seitenstreifen zum Stehen gekommen.

»Was war denn das?« Halders Stimme war zu einem Krächzen geworden.

»Ein Geisterfahrer!« Glöckler hatte beide Arme über das Steuerrad gebreitet und den Kopf darauf gebettet.

Dann wandte er sich um. Sein Gesicht war totenbleich.

39

Anke Born blickte durch die offene Tür hinüber zu dem Teakholzschreibtisch, an dem heute Tilo Lieberwitz saß. Eigentlich machte er dabei keine schlechte Figur, fand sie und begann, Pläne zu schmieden. Vielleicht war er doch einer, der, von einer umsichtigen Frau wie ihr angeleitet, seinen Weg machen würde? Sie war sieben Jahre älter als er, aber was spielte das heute noch für eine Rolle? Anfänglich fand sie ihn unmöglich. Aus Nervosität verfiel er in seinen Dialekt. Das sächsische Kollern, ein Reden, das ohne Punkt und Komma auskam, ging ihr gegen die rheinische Natur. Ihm wiederum kam es so vor, als wollte sie sich mit ihrem kölschen Singsang über ihn lustig machen. Im Laufe der Zeit lösten sich solche landsmannschaftlichen Missverständnisse.

Jetzt sah sie, wie er drüben mit dem Hörer am Ohr aufgestanden war, die Hand ratlos an den Kopf legte und ihn schüttelte. Irgendetwas musste vorgefallen sein.

Anke Born wartete, bis er aufgelegt hatte. »Was ist passiert?«

Immer noch kopfschüttelnd kam er herüber. »Die beiden sind schnurstracks, wie von uns vermutet, zum Fliegerhorst Penzing gefahren, haben dort aber, so jetzt kommt's: nur gegen den Baum gepinkelt und sind dann weiter nach Landsberg gefahren.«

»Und jetzt?«

»Sitzen sie im Gasthof *Mohren*.«

»Wie bitte? Mohren wie…?«

»Genau. Sie sitzen dort in der Gaststube und haben sich einen Schwabenteller bestellt.«

»Oh je«, fügte Anke Born an. »Was heißt das?«

»Entweder sind die Burschen harmlos, oder sie verfolgen einen noch abgefeimteren Plan, den wir nicht kennen.«

»Soll ich den Chef anrufen?«, fragte Anke Born.

Lieberwitz schüttelte den Kopf. »Bitte nicht! Diese Information würde er als Angriff auf sein Verdachtsszenario empfinden. Wir müssen zuerst herausfinden, wohin die Reise geht, dann geben wir Bericht.«

Sie nickte.

40

Wenn sich Halder Selbstprüfung verordnete, streckte er die rechte Hand aus. Sie war ganz ruhig, kein Zittern. Er ging in sich, Ort, Datum, Uhrzeit, Auftrag? Alles da, der Verstand arbeitete klar; der Systemcheck war erfolgreich bestanden. Aber Glöckler schwächelte. Besorgt schaute Halder ihn an. Er hatte einen Schock erlitten und wirkte desorientiert. Er stand am Wagen und hielt sich an der Kühlerhaube fest. Auf dem Seitenstreifen waren zwar noch einige andere Fahrzeuge provisorisch geparkt, aber so konnten sie nicht stehen bleiben. Halder gab sich einen Ruck, die Situation musste gemeistert werden.

»Einsteigen, Glöckler!«

Der Chauffeur breitete hilflos die Hände aus.

»Beifahrersitz!«

»Chef!«

»Keine Widerrede!«

Glöckler gehorchte. Ängstlich verfolgte er, wie sich Halder den Sitz zurechtrückte. Halder griff nach hinten, holte aus seinem Koffer die Pfefferminzpastillen und hielt ihm das geöffnete Döschen hin.

»Hier, nehmen Sie!«

Dann ließ er den Motor an und fuhr los. Alles ging butterweich vonstatten, der Wagen wirkte zwar massig und behäbig, war aber einfach zu lenken.

Behagliches Wohlgefühl breitete sich in Halder aus, schon jetzt ließ sich der Vorfall als Heldenepisode erzählen. Das Verhalten, das er an den Tag gelegt hatte, richtete sich an seinen verstorbenen Vater als Mahnung, wie er sich eigentlich hätte verhalten sollen. Passiert war Folgendes: Bei einem Spaziergang mit seinen Eltern betrat Halder die Straße, ohne den Verkehr genau geprüft zu haben, und wurde von einem Fahrrad erfasst. Er prallte auf die Lenkstange, flog durch die Luft und überschlug sich einige Male auf dem Asphalt. Kein Schrei, kein Blut, kein Bruch – schnell stellte sich heraus, dass der Unfall glimpflich abgegangen war. Aber der Schreck saß ihm in den Gliedern. Ihm war schwarz vor Augen und er konnte nicht aufstehen. Sein Vater gab ihm mit seiner behandschuhten Rechten mehrere Klapse auf beide Backen. Ärzte mochten so vorgehen, wenn sie einen Ohnmächtigen vor sich hatten. Halder spürte noch heute das weiche Leder auf seiner Haut.

Glöckler erholte sich so weit, dass man ihm die Unruhe über die ungewohnte Situation anmerkte. Halder beobachtete ihn aus den Augenwinkeln. Endlich war hinter Stuttgart die Raststätte Denkendorf ausgeschildert. Dort konnten sie sich eine Pause gönnen. Halder parkte den Wagen vor dem Restaurant. Drinnen nahmen sie einen doppelten Espresso. Anschließend bat Glöckler darum, draußen ausnahmsweise eine Zigarette rauchen zu dürfen. Dann sei er wieder einsatzfähig.

Halder schickte eine SMS an Lena: *Geisterfahrer bei Pforzheim! Verspätung z. Zt. 30 Minuten.*

41

Auch Fritz und Mick nahmen einen Espresso im nahegelegenen Café und fuhren dann weiter Richtung Schongau. Schon nach kurzer Zeit erreichten sie auf der Landstraße Hohenfurch, einen Vorort von Schongau. Fritz' Eltern hatten dort in den achtziger Jahren einen Bauernhof gekauft, behutsam renoviert und dann ihrem Sohn weitervererbt. Der Hof lag an dem durch den Ort fließenden Bach, war früher ein Austragshaus gewesen und hatte gerade so viel Grund, um einen Garten betreiben zu können.

»Wie gehen wir vor?«, fragte Mick.

»Erstmal das Haus gut durchlüften, dass der muffige Geruch verschwindet. Lebensmittel und Getränke schaffen wir in die Küche. Und dann bauen wir draußen schon mal auf. Biertische und Bänke sind in der Garage.«

»Was ist mit dem Zelt?«

Fritz schaute in den Himmel. »Bisschen Risiko ist immer dabei, aber ich würde meinen, das Wetter hält.«

»Wenn nicht, haben wir das später mit ein paar Mann ruckzuck hingestellt.«

Emsig nahmen sie die besprochenen Arbeiten in Angriff. Gegenüber schaute der alte Ottl aus dem Fenster und winkte. Auf der anderen Seite des Bachs stand ein grauer Kombi mit drei männlichen Insassen.

42

Lieberwitz rief das LKA an. Die Zusammenarbeit mit dem Verfassungsschutz koordinierte Polizeirat Schmelz.

»Der Präsident wartet auf einen ausführlicheren Report. Können Sie mir da weiterhelfen?«

»Den Lagebericht haben Sie doch bekommen?«, antwortete Schmelz.

Lieberwitz wand sich. »Schon. Aber ich wüsste gerne, wie die Kollegen vor Ort nun weiter vorgehen. Ob da überhaupt noch etwas passiert.«

»Verstehe. Die Geschichte mit dem Fliegerhorst Penzing war ja wohl ein Schlag ins Wasser. Nach dem Fehlgriff möchten Sie nun die gute Nachricht hören, nicht wahr?«

Lieberwitz brummte unverständlich Zustimmendes.

»Was machen wir da?« Schmelz überlegte. »Ich könnte dem Einsatzleiter eine SMS schicken und ihn bitten, Sie direkt anzurufen. Einverstanden?«

»Gute Idee, vielen Dank!«

Kurze Zeit später klingelte Lieberwitz' Telefon.

»Kommissar Kottke, Einsatzleitung. Sie wollten einen Rückruf?«

Schon wieder Kottke! Was hatte der denn bei dieser Aktion zu suchen? Er war doch selbst, indirekt zumindest, in den Fall Nordring verwickelt. Die bisherigen Aktionen hatte Sessler geleitet. Lieberwitz wusste, wie es zuging: Wenn Sessler verhindert war, hatte Kottke Bereitschaft erkennen lassen, die Sache zu übernehmen. Das war Kollegialität oder etwas anderes steckte dahinter, was Lieberwitz noch nicht aufklären konnte. Dazu musste ihm Anke Born den

Mitschnitt möglicher weiterer Gespräche zwischen ihm und Rohleder beschaffen.

»Wie ist denn die Lage im Moment?«

»Löwenberg und Uhlbeck haben hier in Hohenfurch einen Bauernhof angesteuert. Offenbar von einem der beiden gemietet. Im Moment treffen sie Vorkehrungen, die so aussehen, als würde hier bald eine Fete steigen. Tisch, Bänke, Girlanden. Jede Menge Lebensmittel und Alkoholika wurden ausgeladen.«

»Ein Fest?«

Lieberwitz ließ sich die genaue Adresse nennen. »Wie werden Sie weiter vorgehen?«

»Wir bleiben am Ball«, sagte Kottke. »Ist doch auch interessant, wer da noch aufkreuzen wird. Ein getarntes Treffen von bekannten Leuten der Szene zu organisieren ist nicht einfach. Wenn die sich an einschlägig bekannten Orten in München treffen, wissen sie, dass sie observiert werden. Insofern ist heute noch alles möglich, würde ich meinen.«

»Können Sie mir einen direkten Hinweis geben, wenn sich die Sache in die eine oder andere Richtung geklärt hat?«

»Klar, mach ich.«

Erleichtert legte Lieberwitz auf.

»Da ist noch alles drin!«, rief er zu Anke Born hinüber. »Das könnte ein konspiratives Treffen der Szene werden.«

Aber warum hatten sie den Bauernhof in Hohenfurch nicht auf dem Radar gehabt? Lieberwitz recherchierte. Der Hof gehörte Linda Wacke. Klang nicht nach landwirtschaftlichem Allgäu. Er versuchte, die Person ausfindig zu machen. Ihr Name wurde im Sterberegister geführt, sie war die verstorbene Mutter von Fritz Uhlbeck. Das Haus war noch nicht umgeschrieben.

43

Draußen wurde es dunkel. Glöckler hatte seine Schwächephase überwunden und versuchte, die verlorengegangene Zeit wieder aufzuholen.

Halder tippte ihm auf die Schulter. »Ruhig bleiben, Glöckler!«

Dann ließ er sich wieder in die Polster zurücksinken und sah hinaus. Die Konturen wurden unscharf, Bäume und Gebäude zu dunklen Flächen. Irgendwo dahinter war auch ihre Silhouette auszumachen; Nadja war zurückgekommen. Halder nahm die Brille ab und fasste sich an der Nasenwurzel. Dieser Teil seiner Erinnerungen war unangenehm, ja sogar schmerzhaft.

Er hatte sich damals mit Nadja und ihrem gemeinsamen Arrangement eingerichtet. Sie war nicht der kleine Teufel im Bett, sie hatten aber regelmäßig Verkehr, wenn Halder das wollte. Er litt nicht darunter. Dass Sex für manche eine so mächtige Antriebsfeder war, konnte er nicht nachvollziehen. Gab es nicht Wichtigeres?

Ich hatte mich so an sie gewöhnt, dachte Halder. Nadja war da, schaute auf ihn und war ihm eine lebhafte Begleitung bei Einladungen, sie wurde in seinem Kreis allseits geschätzt. Die Ministerialjuristen waren schwergängig, sie verbissen sich in ihre Themen. Unelegant und unnachgiebig. Nadja brachte eine leichte Welt ins Spiel.

Auch zu Hause war an ihr nichts auszusetzen. Freilich, sie kochte nur leidlich. Aber seine Mutter durfte hier nicht als Maßstab dienen, denn mit delikaten Gerichten allein konnte man auch keine Familie zusammenhalten. Um Nadja das Leben leichter zu machen, wurde eine Putzhilfe engagiert. Rumänische, kroatische und polnische Frauen stellten sich vor, gestandene Hilfskräfte, die wussten, wie man eine große Wohnung bewältigte. Aber Nadja hatte sich Alice ausgeguckt, eine Berliner Studentin der Theaterwissenschaften. Halder war es recht, weil er Nadja damit eine Freude machen konnte. Das Budget veränderte sich dadurch nicht, und die Hauptsache war, dass die Wohnung in Ordnung blieb. Alice war eine schlanke Person mit hellem Teint und dunklen Haaren. Ihre dunkelbraunen Augen waren von kräftigen Brauenbögen gerahmt. Auch sonst bevorzugte sie Schwarz. Die Farbe stand ihr. Wenn sie allerdings durch die Räume huschte, hatte sie etwas von einer düsteren Fee an sich.

Die beiden Frauen verstanden sich. Oft saßen sie noch bei einer Tasse Kaffee oder Tee zusammen, wenn Halder nach Hause kam. Dann aber verabschiedete sich Alice sehr schnell mit einem freundlich-schüchternen Lächeln.

Eines Tages kam Halder von einer mehrtägigen Dienstreise zurück. Glöckler setzte ihn vor der Tür ab. Die Wohnung war leer. Schon mit einem kurzen Blick stellte Halder fest, dass Nadja nicht ausgegangen, sondern ausgezogen war. Ihre Garderobe, ihr Schmuck, ein paar Bücher, ihre Stofftiere, sogar die Zahnbürste – alles war weg.

Auf dem Glastisch im Wohnzimmer fand Halder einen Brief von ihr. Sie habe ihn verlassen. Das Leben mit ihm sei ihr zur Last geworden. Gleichmaß ohne Höhepunkte, Langeweile, die sie eingeschnürt habe. Zu oft habe sie bereits untertags getrunken und abends Schlafmittel genommen.

Halder blickte von dem Schreiben auf. All das war ihm nicht aufgefallen. Zu Hause hatte er im gewohnten Trott weitergelebt.

Ihr einziger Lichtblick sei Alice gewesen. Die Gespräche mit ihr seien fesselnd gewesen, ihre Art, von sich und der Literatur zu erzählen. Sie seien enge Freundinnen geworden, und sie hätte sich schließlich sogar in sie verliebt. In dieser Beziehung habe sie wahre Leidenschaft erlebt,

Zuneigung, Zärtlichkeit und – ja auch das: Erfüllung. Ihr Entschluss sei wohl erwogen, sie umzustimmen habe keinen Sinn. *Leb wohl, Kurt!*

Halder lockerte die Schnürsenkel und schleuderte die Schuhe von seinen Füßen. Dann holte er sich einen Cognac und ließ sich auf die Couch fallen. Eine lesbische Beziehung! Hatte er da nicht komplett versagt? Andererseits hatte diese Untreue auch ihr Gutes. Es war davon auszugehen, dass sie ihre Liebe nicht öffentlich machen würde. Ein lesbisches Paar trat nicht in seinen Kreisen auf und forderte gesellschaftliche Anerkennung. Ein Rivale hingegen würde sein Beutestück bei irgendeiner Gelegenheit präsentieren wollen. Wenn sie ihn für einen anderen Mann verlassen hätte, wäre das ohne Zweifel peinlicher gewesen. Getuschel im Ministerium, er zu einem Eunuchen degradiert, einer, der eine Frau nicht zufriedenstellen konnte.

Aber wo wollten die beiden Frauen bleiben, wovon leben? Er wendete den Brief hin und her, davon war keine Rede. Alice stammte aus Berlin, Nadja aus Brandenburg, also würden sie irgendwo dort oben im Norden bleiben wollen. War aber auch nicht mehr sein Problem. Sie hatte keinerlei Forderungen an ihn gestellt. War das nun nobel oder feige? Egal, ihre Geschichte war zu Ende.

Hatte sich sein Vorbehalt, dass sie nicht die Frau war, die er heiraten sollte, nun also doch als berechtigt erwiesen. Ansonsten war seine Linie klar: Man hatte sich einvernehmlich getrennt. Dass Nadja mit einer Frau durchgebrannt war, musste man unter der Decke halten. Sie selbst würde damit sicher nicht hausieren gehen.

Dann schaute er hinüber in die Küche, in der sie nicht mehr stand. Wahrscheinlich hätte sie noch einen Abendimbiss bereitet. Seufzend goss sich Halder noch einen Cognac ein.

»Noch fünfzig Kilometer, Chef!«, ließ sich Glöckler vernehmen.

Halder versuchte, alle traurigen Gedanken abzustreifen. Damit machte man bei einer Frau wie Lena keinen Eindruck.

44

Rohleder hatte sich den Zusammenschnitt der Videoaufnahmen auf seinen Rechner geholt. Er verschaffte sich zunächst einen Überblick. Das Gesehene war wenig ermutigend, damit konnte er nichts anfangen. Irgendwelche unbekannten Personen legten Waren auf das Band, darunter Grillanzünder und Spiritus, bezahlten und verschwanden. Er versuchte zu verstehen, wie die Kollegen das Material ausgewertet hatten. Sie hatten, so wurde ihm schließlich klar, eine Liste von Verdächtigen erstellt, ausschließlich Angehörige der linksmilitanten Szene, die für einen solchen Anschlag in Betracht gezogen wurden. Diese Liste wurde mit den Videobildern abgeglichen.

Und wenn nun die Täter gar nicht dieser Szene entstammten?

Rohleder fühlte sich überfordert. Wie sollte man in diesem Fall die Gegenhypothese überprüfen? Resigniert hockte er sich auf seinen Bürostuhl und nahm die Kutscherhaltung ein, die heute schon einmal Überraschendes bewirkt hatte. Nun spürte er, wie müde er bereits geworden war. Kein Wunder! Sein Hirn hatte den ganzen Tag über unter Hochdruck gearbeitet. Die Synapsen glühten. Dafür wurde Glukose in rauen Mengen verheizt. Wahrscheinlich war der Blutzucker auf einem derartigen Tiefpunkt, dass bereits die Schweineproteine seines Wiener Schnitzels in Glukose verwandelt werden mussten.

Er richtete sich auf und zog die linke Schublade seines Schreibtischs auf. Die Schweizer Nussschokolade! Am Bahnhof gab es sie offen zu kaufen in Stücken wie Dachschindeln. Die Vorderseite glänzte in mattem Fettschimmer, auf der Rückseite wölbten sich die zart ummantelten Haselnüsse aus der Schokoladenmasse und bildeten ein appetitliches Relief. Dazu ein betörender Geruch von Vanille, wenn man die Zellophan-Tüte aufzog und die Nase hineinhielt. Rohleder brach sich ein großes Stück ab und schob es in den Mund. Genau das hatte ihm gefehlt. Jetzt galt es, sich am Riemen zu reißen, um nicht die ganze Schindel auf einmal zu verzehren. Schokolade enthielt irgendeinen Suchtstoff, der einen bis zum krümeligen Ende weitermachen ließ. Also unbarmherzig dazwischengrätschen, Packung zukleben und wegsperren.

Rohleder verschränkte die Arme und richtete den Blick nach links oben. Dort war sie, die gute Idee! Wenn das Anzünden von Röhrichts Dienstwagen einer zufälligen Konstellation entsprang, dann kaufte der Täter nicht die ganze Palette von Nackensteak über Toilettenpapier bis zu Spiritus und Grillanzünder, sondern ganz schlank nur das Notwendige. Daraufhin musste er den Film durchscannen.

Sein Smartphone klingelte.

Kottke war am anderen Ende und erstattete ihm einen kurzen Bericht. Triumphierend nahm er zur Kenntnis, dass sich der Verdacht, Löwenberg und Uhlbeck würden am Fliegerhorst Maschinen und Fahrzeuge abfackeln, als gegenstandslos erwiesen hatte. Es war ihm geradezu ein innerer …

Hier stockte er. Nicht schon wieder! Dieses böse Wort war ihm bei einer Sitzung herausgerutscht. Jahrelang rieb man ihm diesen Ausrutscher unter die Nase. Die Gedanken waren frei: Neger, Volksgemeinschaft, bis zur Vergasung, Heil usw. usw. Aber aussprechen durfte man sie nicht.

45

»Was macht dieser Mensch da eigentlich, Anke? Ackert die ganzen Akten zum Fall Nordring durch. Holt sich sogar dieses Überwachungsvideo auf den Rechner. Telefoniert mit Kottke. Ich verstehe das nicht!« Seufzend blätterte Lieberwitz die Logfiles durch.

»Das bedeutet nichts Gutes. Er will dem Chef an den Karren fahren, sonst würde er doch die Geschichte laufen lassen.«

»Und wie verhindern wir das?«

»Möglichkeiten gäbe es schon.«

»Aber?« Lieberwitz schaute gespannt zu Anke Born.

»Sind verboten. Eigentlich.«

Lieberwitz setzte sich auf ihren Schreibtisch. »Erklär doch mal!«

»Wir haben ein Monitorprogramm. Mit dem kannst du direkt an deinem Bildschirm mitverfolgen, was der andere da treibt. Darf aber nur in besonders gravierenden Fällen eingesetzt werden.«

»Das heißt?«

»Verdacht auf Geheimnisverrat. Kinderporno. Etwas ziemlich Heftiges eben.«

Lieberwitz lief auf und ab. »Ist nicht. Nicht mal ansatzweise. Das kriegen wir nicht durch.«

Anke Born rollte auf ihrem Stuhl hin und her. Eine Weile lang herrschte Schweigen.

»Ich hab's, Tilo!« Sie lächelte. »Der Chef ist auf Dienstreise. In seiner Abwesenheit sollen wir nur Entscheidungen treffen, die unter vier Augen abgeklärt sind.«

»Zwischen uns beiden, meinst du?«, fragte Lieberwitz.

»Klar. Ich habe dann eben das Programm zum Zweck der gegenseitigen Kontrolle gestartet und dann einen Fehler gemacht. Bin bei der Eingabe der Personalnummer eine Zeile nach unten gerutscht auf Nummer zwei statt eins. Tut mir leid, kann aber mal passieren.«

»Genial! Anke, du hast echt was auf dem Kasten!«

Anke Born spürte, dass sich zwischen ihr und Lieberwitz etwas anbahnen würde. Eine verschworene Gemeinschaft waren sie bereits.

46

Rohleder scannte das Material flüchtig durch und begann dann, seine Recherche zu systematisieren. Die Clips, die jeweils einen Kunden an der Kasse zeigten, waren mit Sprungmarken versehen. Interessant waren vor allem kurze Clips. Logischerweise dauerte ein umfangreicher Einkauf wesentlich länger als ein überschaubarer. So pflügte er sich durch die umfangreiche Datensammlung.

Hin und wieder hielt er inne, vergrößerte den Bildausschnitt und versuchte ein möglichst scharfes En-face-Foto daraus zu gewinnen. Dieses überprüfte er dann mit Hilfe des Gesichtserkennungssystems, das ihnen das *Informationsnetz Polizei* zur Verfügung stellte. Dort wurden alle Bilder und Beschreibungen von Personen vorgehalten, die erkennungsdienstlich behandelt worden waren.

Nachdem er etwa die Hälfte der Clips überprüft hatte, wurde er schwach. Wie unter Zwang zog er die Schublade auf und holte die Nussschokolade hervor. Widerstand zwecklos! Er schob den Daumen hinter seinen Hosenbund. Auch hier begann es schon zu kneifen. Nachdem er sich das letzte Stück in den Mund geschoben hatte, versprach er sich, morgen früh joggen zu gehen. Großes Ehrenwort!

Dann ging er hinüber in die Toilette, um die klebrigen Hände zu waschen. Computertastaturen waren bekanntlich ein Tummelplatz für Schmutz und Keime jeder Art.

Natürlich auch Schokoladenschmiere. Auf dem Gang bemerkte er Lieberwitz, der seinen Kopf aus dem Zimmer von Anke Born streckte, fast so, als wollte er ihn kontrollieren. Sein Büro hatte er jedoch vorsichtshalber abgeschlossen.

Als er wieder zurückkehrte, sperrte er auch von innen ab. Er wollte von diesem Schleicher keinesfalls gestört werden.

Und dann, nach einigen Minuten der Weiterarbeit, marschierten endlich die Fanfarenbläser auf seinem inneren Zeppelinfeld ein: Rohleder war sicher, einen Treffer gelandet zu haben. Was er sah, raubte ihm den Atem, und in seinem Kopf überschlugen sich die Gedanken und Mutmaßungen. Er vergrößerte das Bild, machte einen Schnappschuss und glich ihn mit der internen Datenbank ab. Dann konnte er sicher sein: Kommissar Kottke hatte am fraglichen Tag Spiritus und Grillanzünder gekauft. In seiner Begleitung befand sich noch eine weitere Person, ein Mann, der auffällig tätowiert war. Rohleder fertigte auch von ihm einen Schnappschuss an, den er dann aber über INPOL prüfte. Kottkes Begleiter war schon mehrfach polizeilich auffällig geworden. Das ganze Sündenregister eines gewalttätigen Rechtsradikalen war in der Personenbeschreibung aufgeführt. Der Mann hieß Pit Mauruschat und war Frontmann der Rechtsrock-Band 88Volunteers.

Rohleder ließ sich in seinen Bürostuhl zurückfallen.

»Ratter-ratter-ratter!« Er tippte sich dabei an die Stirn.

47

Lieberwitz wirkte sichtlich angeschlagen, als er zu Anke Born hinüber ins Büro kam.

»Was ist los?«, fragte sie.

»Ich fürchte, Rohleder hat etwas gefunden. Einen Verdachtsfall, dem wir schon längst hätten nachgehen müssen.«

»Erzähl!«

Lieberwitz breitete das Mitgesehene vor ihr aus. »Die beiden sind logischerweise verdächtig. Das passt alles zusammen. Der Tag, ihr Einkauf. Außerdem hatte Kottke sicher Mittel und Möglichkeiten festzustellen, welche Polizisten da auf den Parkplatz zur Beobachtung beordert wurden.«

»Aber warum sollte er denn?«

»Gudrun Korsukiewicz, erinnerst du dich?«

Anke Born überlegte und nickte dann.

»Sie war mit Kottke zusammen, bevor sie ihm von Röhricht ausgespannt wurde. Kein politischer Hintergrund, schlicht und einfach Eifersucht!«

»Da war doch noch einer mit an Bord, der mit der ganzen Sache nichts zu tun hatte.«

»Dobeleit. Er war Essen holen, als der Wagen angezündet wurde.«

»Was, wenn er nun drinnen gesessen hätte?«

»Kann ich dir auch nicht erklären. Aber ich vermute, dass eigentlich nur ein Denkzettel geplant war. Mauruschat wollte mit Sicherheit an keinem Polizistenmord beteiligt sein.«

»Röhricht hatte etwas gemerkt?«

»Muss so gewesen sein. Aber jetzt versteht man, warum sich Kottke so willig in diese Ermittlungen eingespreizt hat: Es geht bei ihm um Kopf und Kragen.«

Die Sekretärin biss sich auf die Lippen.

»Au weia! Und jetzt?«

»Muss ich dringend mit dem Chef reden. Am besten du avisierst mich. Vielleicht kann er ja irgendwo Halt machen, so dass ich das ungestört mit ihm besprechen kann.«

48

Halder befand sich auf der A96 kurz vor seinem Ziel, als ihn der Anruf von Anke Born erreichte. Ihre kurzen Hinweise klangen ernst, als sie darum bat, er möge Lieberwitz für ein längeres Gespräch zur Verfügung stehen. Halder war bereits mit Erwartung und Vorfreude aufgeladen, nun fiel die ganze Spannung in sich zusammen. Er wies Glöckler an, eine ruhige Stelle zu suchen, möglichst ein Waldstück, um ungestört telefonieren zu können. Glöckler ging bei Greifenberg von der Autobahn ab, hinter Windach stieß er auf ein größeres Waldstück und fuhr auf einem der Schotterwege ein Stück weit hinein. Halder schlüpfte in seinen Mantel, stellte den Kragen hoch und ging zu Fuß den Weg weiter.

Lieberwitz hatte seinen Anruf bereits erwartet.

»Wo brennt's?«, fragte Halder.

»Rohleder hat einen Verdächtigen im Fall Nordring ausgemacht, den wir bisher nicht auf dem Radar hatten.«

Diese Botschaft erwischte ihn wie ein Schwinger. »Rohleder hat was …? Wie soll das denn zugehen?«

»Er hat sich wahrscheinlich aus Frust über die Absage der Pressekonferenz über das Material hergemacht. Mit seinen Netzprivilegien hat er zu fast allem Zugang.«

»Wie bitte? Der Kerl hat einen parallelen Ermittlungsstrang verfolgt? Doch um uns eins reinzuwürgen, oder?«

»Ganz genau. Wie er es gemacht hat, weiß ich nicht im Detail, aber es scheint so, dass er einfach versucht hat, unsere Verdachtshypothesen anzugreifen.«

»Was ihm nicht gelungen sein kann!«

»Doch, Chef. Er hat sich regelrecht hineinverbissen und ist dann bei dem Video-Zusammenschnitt von Personen, die Spiritus und Grillanzünder gekauft haben, fündig geworden.«

»Wir hatten bereits alle möglichen Verdächtigen überprüft, oder?«

»Schon. Aber unsere Annahme war, dass sie aus dem linken Milieu kommen. Die zwei, die Rohleder herausgefischt hat, stammen aus einer vollkommen anderen Ecke: Kommissar Kottke und Pit Mauruschat, der Sänger einer Rechtsrock-Band.«

»Kottke? LKA-Kommissar und der frühere Liebhaber von Gudrun Korsukiewicz?«

»Genau. Auch das Motiv haben Sie damit schon benannt: Eifersucht. Außerdem mischt Kottke auf eine übereifrige Art in den aktuellen Ermittlungen mit. Er hat die Einsatzleitung bei der Überwachung von Löwenberg und Uhlbeck und erstattet Rohleder laufend Rapport. Er will sich bei ihm lieb Kind machen und dafür sorgen, dass der Fall in die falsche Richtung läuft. Ist leider alles ziemlich schlüssig.«

Halder schwieg. Lieberwitz hörte seine Schritte auf dem Waldboden.

»Okay«, sagte Halder schließlich, »jetzt mal ganz systematisch: Es gibt einen Clip, auf dem Kottke und Mauruschat am Tag des Anschlags auf Röhricht zu sehen sind, wie sie im Großmarkt nebenan Spiritus und Grillanzünder gekauft haben. Kein Großeinkauf, im Wesentlichen nur das?«

»Exakt.«

»Wer ist dieser Mauruschat?«

»Sänger einer Gruppe namens 88Volunteers. Hatte auch früher schon jede Menge Auftritte in Thüringen. Da müssen sich die beiden kennengelernt haben. Ist wohl auch heute noch ein Kumpel von Kottke. Von Kottke ist bekannt, dass er Sympathie für solche Kreise hat und auch Zugang dazu.«

»Rechtsradikale Kreise?«

»Ja.«

»Gut, ich verstehe. Anderes Thema: Wie ist die Beschattung von Löwenberg und Uhlbeck verlaufen?«

»Bis jetzt hat sich der Ausflug der beiden als harmlos erwiesen. Sie sind zwar am Fliegerhorst Penzing vorbeigefahren, aber Anschlagspläne hatten sie keine.«

»Und jetzt?«

»Halten sie sich auf einem Bauernhof auf, der Uhlbeck gehört ...«

»Uhlbeck hat einen Bauernhof? Wieso wissen wir das erst jetzt?«

»War noch auf seine verstorbene Mutter eingetragen. Das Haus steht in Hohenfurch in der Nähe von Schongau. Dort bereiten sie ein Fest vor.«

»Ein Fest? Das wird wohl ein Szenetreffen.«

»Davon ist auszugehen«, erwiderte Lieberwitz.

»Gut. Passen Sie auf, Lieberwitz, Sie bleiben am Platz und warten auf meinen Rückruf. Ich brauche jetzt ein paar Minuten, um mich zu sammeln und das alles zu durchdenken.«

49

Halder stapfte ziellos in den Wald. Alles, was er in den letzten Wochen sorgfältig geplant und aufgebaut hatte, war nun mit einem Schlag zunichte. Rohleder, dieser irrlichternde Abenteurer, hatte sich als geschickter Ermittler erwiesen. Freilich, er, Halder, leitete die Behörde, aber dieser Erfolg war keiner seines Hauses, die scharfe Konkurrenz zwischen ihm und Rohleder war bekannt. Der würde seinen Triumph auskosten und keine Gelegenheit versäumen, auf sich als den fähigeren Mann auf dem Präsidentenposten zu verweisen.

Was für eine Niederlage!

Die Machart des Anschlags, die Vorgeschichte – alles

hatte ganz klar auf die linke Szene als Urheber hingedeutet. Aber natürlich teilte Kottke als Polizist dieses Wissen mit früheren Tätern und konnte es anwenden.

Halder ging im Kopf noch einmal alle Ermittlungsergebnisse durch. Gut, der Tod von Röhricht mochte den Linksradikalen nicht anzulasten sein. Nur hatte er, Halder, den Kollegenmord dazu benutzt, um gegen Löwenberg, Uhlbeck und Konsorten mit großem Aufwand vorzugehen. Das fiele auf ihn zurück. Obwohl seine Argumentation trotzdem stichhaltig bliebe. Die Biografie dieser Leute, die Liste ihrer Übergriffe und Gewalttaten, ihre ganze Grundüberzeugung – daran hatte sich nichts geändert. Aber nun würde wieder das Gemähre anheben, dass seine Behörde auf dem rechten Auge blind sei. Dabei war die politische Haltung in diesem Fall nicht ausschlaggebend, sie hatte den Anschlag nicht motiviert, es handelte sich vielmehr um einen liebeswütigen Polizisten, der zufälligerweise der rechten Szene angehörte. Das Verbrechen entsprang nicht einer organisierten Absicht, sondern einem persönlichen Drama.

Und warum konnten diese Idioten nicht einfach auf dem Fliegerhorst ihre Zündeleien veranstalten? Ruckzuck wäre ein Zugriff erfolgt, man hätte die Protagonisten am Wickel und könnte dem Treiben des *Fight Club Munich* ein Ende setzen.

»Nie mit Tatsachen hadern, ihnen ins Auge sehen! Das zeichnet den Juristen aus«, sagte sein Vater.

Gut, abgehakt!

Das Wichtigste war zunächst, Rohleder in den Arm zu fallen und seinen Triumphzug aufzuhalten.

50

Rohleder räkelte sich auf seinem Bürostuhl. Die Lehne war nach hinten gekippt und die Beinstütze hochgefahren, so dass er wie auf einem Löffel lag. Seinem Gefühl nach schwebte er, alle Erdenschwere war abgestreift. Aufgepumpt mit Hochgefühl dachte er darüber nach, wie er seinen Erfolg in Szene setzen konnte.

Er hielt Kottke für den Haupttäter, Mauruschat, diese Dumpfbacke, taugte zu nicht mehr als einem Handlanger. Zudem war ein zwingendes Motiv bei ihm nicht zu erkennen. Und das Schöne daran: Kottke war beschäftigt, er lief nicht weg. Als Polizist war er in die Ermittlungen eingebunden und durfte sich in Sicherheit wiegen. Die Spur, die verfolgt wurde, verlief in eine ganz andere Richtung. Keine Eilmeldung musste herausgegeben werden, denn Gefahr war nicht im Verzug.

Morgen am frühen Nachmittag fand das Treffen der Soko Nordring in München statt, zu dem auch Halder anreiste. Eigentlich war das die Bühne, auf der er seinen Fund präsentieren musste. Die Kollegen wären perplex, Halder düpiert und von dort aus würde sein Coup die Runde machen. Diese Nachricht würde auch den Minister erreichen, Sifferling, diese Kröte, sowieso.

Er schaute auf die Uhr. Zeit, sich den Vortrag zurechtzulegen, war noch genug. Mit dem Frühzug würde er morgen rechtzeitig in München landen. Aber wie meldete er sich zu dem Treffen an? Rohleder überlegte und entschied sich für den direkten Weg.

Anke Born verzog das Gesicht wie unter Schmerzen, als das Telefon klingelte. Sie winkte Lieberwitz herüber und stellte laut.

»Hallo Anke, bitte avisiere mein Erscheinen doch für morgen zum Treffen der Soko Nordring in München. Ich habe dort Fallentscheidendes darzustellen. Wärst du so nett?«

Seine Bitte ruhte auf einem derartigen Unterbau von Freundlichkeit, dass Anke Born ins Stottern geriet.

»Sie … morgen … zum Soko-Treffen?«

»Und ein Zugticket nach München bräuchte ich noch. Vielen Dank für deine Bemühungen!«

51

In solchen Krisensituationen wünschte sich Halder die steinerne Selbstgewissheit seines Vaters. Er fühlte sich elend. Erwin Halder hatte recht, Kurt war ein Versager.

Aber genau dafür hatte er seinen Vater gehasst, für seine Unbarmherzigkeit gegen andere und seine Uneinsichtigkeit, was die eigene Schwäche anging. Dabei war er selbst nichts weiter als ein Nazikrüppel, der sich mit Lügen und Selbstbetrug durchs Leben lavierte. Natürlich erzählte und gestand er nichts, weil er Angst vor dem Verlust seiner bürgerlichen Existenz hatte. Wäre er der Nibelungenrecke gewesen, für den er sich hielt, hätte er sich hingestellt und zu dem bekannt, woran er zeitlebens glaubte. Es gab Verfemte, die das getan hatten. Ihnen war Respekt zu zollen, denn viele von ihnen hatten sich als hellsichtig erwiesen und in ihrer Arbeit als Juristen, Autoren, Journalisten und Politiker genau das vorhergesagt, was heute bleiern über dieser Republik lag.

Halder spürte, wie ihm die Hitze zu Kopf stieg. Hinter all diesen Unmöglichkeiten und Hindernissen, die sich vor ihm auftürmten, wehte ein Fähnlein des Widerstands. Wenn er es zu packen bekam, könnte ein Banner daraus werden.

Fester Wille, Durchsetzungskraft – das war wie der Schuss auf ein Ziel. Die Zeit für Verständnis heischendes Mäandern um diesen oder jenen Arsch herum war vorbei.

Er zog sein Smartphone aus der Tasche und rief Lieberwitz an.

52

Ein grüner Opel Corsa fuhr auf der B17 Richtung Hohenfurch. Drinnen saß ein Paar, sie lenkte den Wagen.

»Kannst du mir jetzt endlich mal sagen, wo wir eigentlich hinfahren?«

»Mann, Armin, nun sei doch nicht so ungeduldig. Das ist eine Überraschung, und ich werde den Teufel tun, irgendetwas vorher auszuplaudern.«

Beide waren schon älter. Christa trug rot gefärbtes Haar, das am Scheitel verriet, dass sich Grau darunter verbarg. Angestrengt, wie eben Ortsunkundige, schaute sie durch ihre Brille, die sie am Band um den Hals trug, auf die Straße und den Ort, dem sie sich näherten. Armin war ein Hüne von fast zwei Metern, ein wenig bucklig mit hochgestellten Beinen saß er in dem für ihn zu knapp bemessenen Beifahrersitz. Sein Gesicht war von tiefen Furchen durchzogen, die sich vor allem in den Wangen eingegraben hatten. Sein dichter Schopf stand so widerborstig vom Kopf ab, als handelte es sich dabei um graues Drahthaar.

»Au Scheiße, ein Bulle!« Armin richtete sich auf.

Vorne am Ortsschild winkte ein Uniformierter. Sein Motorrad stand am Straßenrand auf dem Ständer aufgebockt.

»Mach mir heute bitte keinen Ärger!«, flüsterte Christa.

Der Uniformierte klopfte an das Fahrerfenster.

»Polizei. Ihre Papiere, bitte schön!«

Christa nestelte das Geforderte aus der Handtasche und reichte es hinaus. Sie spürte, dass Armin neben ihr drauf und dran war, Streit zu beginnen. Sie gab ihm einen Stoß mit dem Ellenbogen. Dann holte auch er aus der Brusttasche seines Parkas den Personalausweis.

»Armin Bayerl, aha!« Der Polizist streckte seinen Kopf

durch das Fenster und wedelte mit dem Personalausweis. »Da haben wir heute Geburtstag! 65 Jahre, nicht schlecht!«

»Geht Sie einen Scheißdreck an!«

Etwas beleidigt zog sich der Uniformierte zurück und wendete die Ausweise in seiner Hand hin und her. »Das müssen wir noch einmal genauer überprüfen. Bitte folgen Sie mir!«

Er steckte die Papiere in die Tasche, kletterte auf sein Motorrad und fuhr voraus.

»Du willst doch jetzt nicht ernsthaft hinter dem Bullen herfahren, oder?«

»Natürlich. Ich will meine Papiere wiederhaben.«

»Ehrlich gesagt ist mir jetzt der ganze Tag verdorben, egal was da noch für eine Überraschung kommt.«

»Du reißt dich jetzt am Riemen, ja!«

Das Motorrad fuhr geradewegs in eine Hofeinfahrt. Christa hielt sich dicht dahinter und stoppte.

»Bitte aussteigen!« Der Polizist nahm Armin in Empfang und drehte ihn zu der vom Haus abgewandten Wagenseite. »Hände bitte auf das Autodach!«

Nun begann er, ihn von unten her abzutasten. Armin hatte das Gefühl, dass diese Aktion Schaulustige angelockt hatte, denn hinter ihm schien sich eine Gruppe von Passanten gesammelt zu haben. Er kochte, fühlte sich durch die harsche Vorgehensweise herausgefordert. Dann aber dachte er an Christas Mahnungen und hielt, an das Wagendach gelehnt, still, bis schließlich hinter ihm Kichern und Flüstern anhob und danach auch ein Chor, der *Happy Birthday!* anzustimmen begann. Armin fuhr herum. Mick und Fritz standen vor einer Gruppe, die sich schon auf den zweiten Blick als Freunde und Bekannte von Armin entpuppte, und applaudierten.

Armin ließ die Arme hängen und schüttelte den Kopf. »Mann, Mann, Mann! Lasst ihr mich heute dermaßen auflaufen!« Dann umarmten sie sich.

Mick zog den Uniformierten heran. Der nahm die Mütze ab und lockerte den Pferdeschwanz, den er darunter hochgebunden hatte.

»Das ist Ludwig aus dem *Café Isartal*. Jetzt habt ihr euch ja kennengelernt.«

Die beiden umarmten sich. »Herzlichen Glückwunsch, Armin.«

»Glück gehabt, Junge. Beinahe hätte ich dich vermöbelt!«

Mick führte ihn hinter das Haus. Dort waren Tische und Bänke aufgebaut, die Tafel war weiß gedeckt, auch Servietten und Kerzen fehlten nicht.

»Das Büfett kommt aus dem *Café Isartal*, zu trinken gibt es reichlich. Das ist dein Fest, Armin, hau rein!«

53

Lieberwitz hatte seinen Posten am Schreibtisch nicht verlassen und starrte unausgesetzt auf das Smartphone. Endlich schnarrte es, Halders Nummer erkannte er auf Anhieb.

»Lieberwitz, hören Sie zu! Ich möchte, dass Sie jetzt gut aufpassen. Machen Sie sich Notizen, damit Sie alles genau so erledigen können, wie ich es Ihnen auftragen werde. Okay?«

Lieberwitz zerrte Papier aus der Schublade und angelte sich einen Stift.

»Bin bereit!«

»Kottke und Mauruschat sind unverzüglich festzusetzen. Unverzüglich, das heißt heute noch. Wo lebt denn dieser Mauruschat?«

»München-Allach.«

»Bestens. Gehen Sie so vor: Verständigen Sie zuerst Schmelz vom LKA. Sagen Sie ihm, wir hätten zwingende

Hinweise, dass Kottke in den Tod von Röhricht verwickelt ist. Er ist auf der Stelle festzunehmen, damit die Ermittlungen von ihm nicht weiter in die Irre geführt werden, klar?«

Lieberwitz kritzelte die Anweisungen in fliegender Schrift auf das Papier.

»Auch Mauruschat muss sofort hinter Schloss und Riegel. Bitten Sie die zuständigen Kollegen in Allach um Amtshilfe. Sagen Sie: Gefahr im Verzug oder sonst was, ist mir völlig egal, Hauptsache, es wirkt. Von dem werden wir auch als Erstem ein Geständnis hören. Clever ist er ohnehin nicht. Wenn er kein Bier mehr bekommt, spürt er den Entzug und knickt ein.«

»Habe ich notiert.«

»Egal wie, die beiden müssen bis spätestens morgen früh verwahrt sein, verstehen Sie?«

Lieberwitz staunte, verstand aber in jedem Detail, was Halder beabsichtigte. »Was machen wir mit Rohleder? Er wollte sich von Anke für das Treffen in München avisieren lassen.«

»Aha, so hatte er sich das also vorgestellt! Mich vor versammelter Mannschaft zum Idioten machen. Lieberwitz, ich gehe davon aus, dass Sie das mit Kottke und Mauruschat geregelt bekommen. Dann lassen Sie Rohleder ruhig weitermachen, avisieren Sie ihn, besorgen Sie ihm ein Ticket. Bevor er in den Zug steigt, reichen Sie ihm die Info rüber, dass die beiden sitzen. Ich wette darauf, dass Rohleder daraufhin in Köln bleiben wird.«

Dieses Maß an entschlossener Härte hatte Lieberwitz bei Halder noch nicht erlebt.

»Nebenbei, Lieberwitz: Wie konnten Sie denn Rohleders Schritte so lückenlos mitverfolgen?«

Lieberwitz geriet ins Schleudern. Diesen Punkt wollte er erst später bei Halders Rückkehr besprechen.

»Na ja, ein bisschen über die Schnur hauen musste man dafür schon.«

Halder überlegte. »Etwa das Monitorprogramm? Sollte eigentlich Ultima Ratio bleiben.«

»Anders war das nicht zu machen. Anke und ich hatten uns überlegt …«

»Schon gut«, unterbrach ihn Halder, »auch das werden wir irgendwie wieder hinbiegen. Noch Fragen?«

»Ich denke, zu dem Komplex ist alles klar …«

»Zur anderen Sache komme ich gleich. Moment mal!« Halder blieb stehen und blickte sich um. Er war, ohne sich zu orientieren, einfach weitergegangen. Dann blitzte Scheinwerferlicht von der Straße her auf. Halder machte kehrt und ging dorthin zurück.

»Wie ist der Stand jetzt bei Löwenberg, Uhlbeck und Konsorten?«

»Anke hat gerade einen weiteren Bericht aufgenommen. Irgend so ein Spaßvogel von denen ist als Polizist aufgetreten und hat das Geburtstagskind festgenommen oder so etwas. Und jetzt läuft da offenbar eine Mörder-Party.«

»Ist der verkleidete Polizist öffentlich aufgetreten?«

»Er hat den Wagen am Ortsschild aufgehalten.«

»Sah er echt aus?«

»Perfekt.«

»Gut, dann haben wir einen Fall von Amtsanmaßung gemäß 132 StGB. Verschärft rechnet sich das auf zwei Jahre hoch, das reicht!«

»Wofür?«

»Lieberwitz, die Kollegen sollen das als Hebel benutzen, um das Fest auseinanderzunehmen.«

»Auseinandernehmen?«

»Ich will genau wissen, wer da mit dabei ist. Mein Instinkt sagt mir, dass wir hier die militante Szene lückenlos vertreten finden. Wir gewinnen dann ein exaktes Bild, welche Personen sich ihr zugehörig fühlen.«

Lieberwitz schwieg.

»Meinetwegen können die nach der Personenfeststellung weiterfeiern, so viel sie wollen, mir vollkommen egal, Lieberwitz. Aber wir verfolgen hier ein klares Ziel, von dem wir nicht ablassen: Der *Fight Club Munich* wird als terroristische Nachfolgeorganisation enttarnt. Darum geht es!«

Lieberwitz hörte das Zuklappen einer Fahrzeugtür.

»Ich bin jetzt wieder am Wagen, Lieberwitz. Aber ich denke, alles ist besprochen, oder?«

»Ja.«

»Ich verlasse mich auf Sie!«

Der Abschiedsgruß ging im Motorengeräusch unter. Lieberwitz warf das Smartphone auf den Schreibtisch. Dann ging er mit hängenden Schultern zu Anke Born hinüber.

»Ich dachte eigentlich, wir könnten noch etwas essen gehen, Anke. Ehrlich gesagt habe ich mich nach diesem ganzen Stress richtig darauf gefreut. Aber der Chef hat mich derartig mit Aufträgen zugeballert, dass ich vermutlich noch die halbe Nacht hier sitzen werde.«

Lieberwitz hatte sich auf Anke Borns Schreibtisch abgestützt. Sie legte ihre Hand auf die seine.

»Ein andermal, Tilo. Ich helfe dir und bleibe. Aber zuallererst hole ich uns eine Pizza. Einverstanden?«

Tilo Lieberwitz nickte strahlend.

54

Glöckler startete den Wagen. Halder saß zufrieden im Fond. Er hatte gerade ein Duell Mann gegen Mann erfolgreich bestanden. Bereits nach ein paar Minuten erreichten sie das Hotel und Restaurant Seehaus. Glöckler machte Anstalten, direkt beim Haupteingang vorzufahren.

»Lassen Sie nur. Ich steige gleich hier aus. Mit der Reisetasche und meinem Köfferchen helfe ich mir selbst.«

Halder wollte sich langsam annähern, auch Glöckler

sollte gleich verschwinden. Der reichte ihm die ebenfalls cognacfarbene Ledertasche.

»Wann soll ich Sie morgen abholen?«

»Punkt zehn, okay?«

Glöckler nickte. Halder steckte ihm einen Schein zu. »Machen Sie sich einen schönen Abend!«

Glöckler deutete ein Salutieren an und fuhr los. Mit seinen beiden Gepäckstücken in der Hand ging Halder über den gekiesten Parkplatz auf den Hoteleingang zu. Vom See her wehte ein frisches Lüftchen. Er blieb stehen und atmete ein paar Mal mit geschlossenen Augen ein und aus. Jetzt sah er alles schärfer. In den Parkplatz hinein führte eine rote Markise, um den Besucher trocken zum Empfang zu geleiten. Über dem Eingang war die ihrer geschwungenen Buchstaben wegen an die fünfziger Jahre erinnernde Leuchtschrift *Hotel Seehaus* angebracht. Er hatte nun den roten Teppich unter der Markise erreicht und erklomm schließlich die Stufen zum Empfang. Noch ehe er Hand an die polierten Stoßgriffe aus Messing anlegen konnte, wurde ihm die Schwingtür geöffnet.

»Herr Halder?«

Halder erschrak. Das war doch Lena! Aber jung und schön, als wären die Jahrzehnte spurlos an ihr vorübergegangen. Diese Person stimmte mit dem Jugendbild überein, das er von ihr bewahrt hatte.

»Wir hatten schon befürchtet, Sie kämen überhaupt nicht mehr.«

»Lena?« Endlich hatte sich Halder aus der Starre gelöst und ein Wort herausbekommen.

Sie schüttelte lachend den Kopf. »Nein, nein. Ich bin Fritzi, die Tochter.«

Die Tochter! Seine Tochter? Wieder wurde er in staunende Gedankenschwere zurückgeworfen. Weder fand er die passenden Worte, noch war er zu höflich geläufigem

Verhalten fähig. Er stand mit seinem Köfferchen und der Reisetasche in den Händen da, ohne sich zu rühren.

»Sie müssen eine anstrengende Fahrt gehabt haben?«, sprang Fritzi ihm bei.

Er nickte. »Entschuldigen Sie mein steifes Gebaren, aber ich hatte nicht erwartet, der Tochter gegenüberzustehen, die ihrer Mutter wie aus dem Gesicht geschnitten ist.«

Er setzte sein Gepäck ab und reichte ihr die Hand.

»Hat Mama Ihnen nicht erzählt, dass Sie mich hier treffen würden?«

Halder wiegte vielsagend den Kopf. »Sie hatte es wohl auf eine Überraschung angelegt.« Und nach einer Weile fügte er an: »Ist ihr ja auch gelungen.«

»Mein Mann und ich haben Hotel und Restaurant gepachtet, müssen Sie wissen. Insofern sind wir hier immer anzutreffen. Soll ich Ihr Gepäck aufs Zimmer bringen lassen?«

»Die Tasche gerne, das Köfferchen darf ich aus dienstlichen Gründen nicht aus der Hand geben.«

»Verstehe! Marek, beförderst du Tasche und Mantel von Herrn Halder nach oben in sein Zimmer?«

Marek, ein Angestellter des Hotels, nahm beides in Empfang.

»Ich bringe Sie jetzt zu Mama, sie wartet drüben im Lokal.«

55

»Kurt! Wir dachten schon, du bist verloren gegangen!« Lena erhob sich und küsste ihn zur Begrüßung auf die Wange.

Ihre Haltung und Figur waren staunenswert, stellte Halder fest. Trotz des eben erlebten Jugendschocks fühlte er sich sofort eingenommen.

»Was kann ich euch bringen?«, fragte Fritzi.

»Einen Aperitif, einen Spritz vielleicht?«

Halder nickte. Es war vor allem ihr Gesicht und der bleibend freundliche Ausdruck darin, stellte er fest. Das Alter setzte dem Menschen die Maske seiner Charaktereigenschaften auf, markierte Striche, bildete Falten und vertiefte Linien, die nicht mehr verschwanden. Das Innere wurde entäußert und musste nun bis ans Lebensende zur Schau getragen werden.

Sein Vater hatte überhaupt kein Gesicht. Freilich, die Haut war schlaff, alles senkte sich nach unten, machte die Augen schlitzartig und ließ unter dem Kinn einen Kehlsack entstehen. Die Ohren traten demgegenüber groß hervor, schienen gewachsen zu sein, denn auch das Haar klebte nur noch in grauen Strähnen am Schädel. Aber darin war nichts zu lesen. Zeitlebens hatte er sich hinter dem Ausdruck des Unerschütterlichen, Unnahbaren und Gleichgültigen verschanzt. Blieb in seinem inneren Schützengraben hocken, bis das Lebenslicht ausgeknipst wurde.

Seine Mutter zeigte wenigstens mit ihren hängenden Mundwinkeln, stets feuchten Augen und gepolsterten Bäckchen den Ausdruck gekränkter Gutartigkeit. Und das eigene Gesicht war kaum zu deuten, denn es offenbarte sich nur in einer Momentaufnahme, hinter der sich eine Unzahl früherer Selbstbilder befand, die es im Akt der Selbstwahrnehmung mitformten.

Lena schien mit sich im Einklang. Das Leben hatte ihr keine Schrunden zugefügt. Halder hätte gern Ähnliches über sich gehört.

»Und?«, sagte er. »Entspreche ich noch dem, den du in Erinnerung behalten hast?«

Lena lachte. »Voll und ganz. Ich hatte das auch schon im Fernsehen bemerkt, als du aufgetreten bist.«

»Wie meinst du das?«

»Nimm es mir nicht übel, wenn ich das so direkt sage,

aber du hattest früher immer etwas von einem Häschen an dir. Ein zartes, auch furchtsames Tier, das mit allen seinen Sinnen die Umgebung auf mögliche Gefahren hin prüft …«

Nur kurz angedeutet, aber als treffende Miniatur, machte sie eine Schnute, schnüffelte, witternd sich nach vorne tastend, und ließ mit drei Fingern am Mundwinkel das Bild zitternder Schnurrhaare entstehen, ein Bild, das sie in einem Lachen aufgehen und rasch wieder verschwinden ließ.

»Ich dachte manchmal, ich müsste dich beschützen, aber hinter dieser Ängstlichkeit war doch auch eine Schläue, eine manchmal überscharfe Klugheit zu spüren. Als ich dich gesehen habe, dachte ich sofort, das passt, ich meine du als Präsident des Verfassungsschutzes. Obwohl …« Sie musterte ihn noch einmal eingehend. »… sich das etwas umgekehrt hat.«

»Ich verstehe nicht.« Halder fühlte sich ihrer Offenheit hilflos ausgeliefert.

»Bei einem alten Hasen wie dir ist dann doch eher die Schläue nach vorne und die Furchtsamkeit nach hinten getreten. Oder irre ich mich?«

Fritzi servierte die Gläser mit dem Aperitif.

»Prost! Schön, dass du da bist!«

56

»Du hattest ein schwieriges Elternhaus, nicht wahr?«

Halder stutzte. Schwieriges Elternhaus? Sein Elternhaus war fürchterlich. Aber wie kam Lena darauf? Sein Vater genoss, wann immer er in der Schule auftauchte, größten Respekt, seine Mutter galt als fürsorglicher guter Geist, die mit Spendenbereitschaft und Eigeninitiative vieles vorwärtsbrachte. Sportgeräte, Renovierung des Schlafsaals im Schullandheim, Zuschüsse für Klassenfahrten. Dieses Bild sollte erhalten bleiben.

»Rebellisch waren wir alle damals. Von dem, was unsere Eltern gemacht haben, wollten wir nichts wissen.«

»Das meine ich nicht. Erinnerst du dich noch an Hänschen?«

»Hans Goldner, der später Journalist geworden ist?«

»Genau. Er war ja damals schon im Geschichtsverein aktiv. Von ihm weiß ich, dass dein Vater SS-Mann war und deine Mutter schwer unter seinen Eskapaden zu leiden hatte.«

Verblüfft blickte Halder auf. Er hatte gerade ein Stück Baguette abgebrochen und wischte die Krümel vom Tisch. »Gerüchte! Richtig ist, dass mein Vater schon in jungen Jahren dorthinein zwangsversetzt wurde. Und als beidbeinig Amputierter hat er wohl schwerlich Sympathie für die aufgebracht, denen er den Verlust seiner Gliedmaßen zu verdanken hatte. Und ja, was meine Mutter anging, die Ehe war zerrüttet. Leider. Aber in dieser Kriegsgeneration gab es kaum einen, der ohne Makel geblieben wäre. Das hat sie alle geprägt. Das wird in deiner Familie nicht anders gewesen sein.«

»Doch. Mein Großvater war Sozialdemokrat und ist frühzeitig mit den Nazis in Konflikt gekommen. Sein Ariernachweis war nicht einwandfrei, und sie haben ihn einige Male festgesetzt. Deswegen haben alle in unserer Familie die Finger davon gelassen.«

Halder zuckte die Achseln und dachte das Wort *Juden*, konnte es aber nicht aussprechen, weil es ihm in diesem Zusammenhang zu anstößig erschien. »Aus rassischen oder politischen Gründen verhaftet?«

»Aus rassistischen Gründen«, verbesserte ihn Lena.

Halder schalt sich für seine Ungeschicklichkeit und schwenkte um.

»Ja du hast schon recht, schwierig war das wohl. Mein Vater blieb zeitlebens durch den Krieg deformiert. Man hatte bei ihm den Eindruck, dass er in ihm gar nicht beendet war. Und was meine Mutter angeht: Die schwere Verwundung meines Vaters hatte beide zusammengebracht, aber damals wurden wohl Pflege und Fürsorge mit Liebe verwechselt, er aus dieser, sie aus der anderen Perspektive.«

»Aber du warst auf ihrer Seite?«

Diese Frage riss eine schmerzliche Wunde in Halder auf. Er starrte auf das Weißbrot, das er mit Bündner Fleisch belegt hatte.

»Lass gut sein, Kurt!«

57

Lena verließ kurz den Tisch, und Halder verfiel in ein Brüten. Andere wussten deutlich mehr über ihn als er über sie. An ihre Eltern und Großeltern hatten weder er noch Lieberwitz gedacht.

Lena kam zurück, ihr Lippenrot war nachgezogen. Halder unternahm nun einen erneuten Anlauf, in ihrem Gespräch endlich die Oberhand zu gewinnen. »Warum wolltest du mich treffen?«

»Neugierde«, sagte Lena, aber das klang aus ihrem Mund so halbherzig, dass sie das Wort wie eine Fliege verscheuchte. »Quatsch! Auf dieser Welt ist zurzeit vieles im Argen. Und ich kann nicht verstehen, warum. Was hat diese Wendung eingeleitet? Ich hatte noch nie die Möglichkeit, mit einem prominenteren Repräsentanten unseres Staats zu sprechen. Als ich dich im Fernsehen gesehen habe, dachte ich, das wäre eine gute Gelegenheit. Zumal uns eine gemeinsame Herkunft und dieselbe Jugend verbinden. Vielleicht kann man an einer Person verstehen, wie die Verhältnisse geworden sind. Findest du das albern?«

»Überhaupt nicht.« Halder wusste, dass mit Lenas Bekenntnis, ihren Großvater betreffend, jede politisch-weltanschauliche Diskussion vermintes Gelände war. Man konnte gar nicht so recht haben, dass man recht behielt. Wenn jemand Opfer war, blieb die Moral immer auf seiner Seite. Zudem wusste er, dass Lena dieser *Die-bedrohte-Welt-muss-umarmt-werden*-Bewegung angehörte. »Aber was genau macht dir denn zu schaffen?«

»Nimm nur einmal das Erstarken des Rechtsradikalismus. Wie seht ihr das denn bei euch im Amt?«

Ach Mädel, schoss es Halder durch den Kopf. Kaum gedacht, bedauerte er sich bereits selbst. Seine geistige Einsamkeit vor allem. Immer musste er taktisch bleiben, nie durfte er sich rückhaltlos aussprechen. Verstand ihn einer uneingeschränkt, konnte er ihm gefährlich werden. Die anderen erreichte er nicht, weil intellektuelle oder moralische Blockaden im Weg standen. Wenn du eine Person von freier Denkungsart wärst, sagte er bei sich, dann könnte man es wagen, dir den Trank zu verabreichen, an dessen Grund du die Bitterwürze der Wahrheit kosten würdest. Als er sich selbst hinterhersinnierte, was ihn zu dieser übertriebenen Metapher veranlasst haben mochte, stellte er fest, dass der Wein korkte.

»Der korkt, nicht wahr?«, kam Lena ihm zuvor.

Halder nickte. Lena winkte Fritzi herbei.

»Was hast du uns denn da vorgesetzt? Probier mal!«

Fritzi nahm einen kleinen Schluck. »Oje. Ihr bekommt sofort einen neuen.«

Halder nahm den Faden wieder auf. »Unser Auftrag ist es, auch die andere Seite im Blick zu behalten. Verfassungsfeinde gibt es links wie rechts. Wir müssen uns gegen beide zur Wehr setzen.«

Lena sah ihn an, und Halder spürte, dass sie über seinen Politikerjargon enttäuscht war. »Sprechverbote werden aufgeweicht, sogar im Parlament ist Nazijargon zu hören, Juden werden auf offener Straße verprügelt, Politiker und Personen mit Migrationshintergrund erschossen …«

»Wir tun unser Möglichstes«, versuchte Halder zu dämpfen. Er konnte und durfte die Handlungsmuster seines Dienstes nicht offenlegen.

»Kannst du denn kein klares Wort sprechen? Partei ergreifen?«

Halder schüttelte den Kopf. »In unserem Dienst ist Parteipolitik strikt außen vor. Wir haben das Ganze zu verteidigen.«

»Was verteidigt ihr denn da? Was ist denn so erhaltenswert?«

»Unsere westlichen Werte. Wenn ich das so sage, ist mir die Problematik durchaus bewusst: Was sind denn unsere Werte? Smartphones, Pornos, Datingportale und Mallorcaurlaub für alle? Das kann es nicht sein. Da ist etwas weggebrochen, ein Gefühl für den gesellschaftlichen Zusammenhalt, kulturelle Errungenschaften und Traditionen. Die, die von draußen kommen, sind fest in ein Wertesystem eingebunden, den Leuten hier fällt dazu nichts mehr ein.«

»Ich dachte, unser Wertekodex schreibt uns vor, dass wir die Schwachen lieben müssen. Sind die anderen denn unsere Feinde?«

»Wir sollen unsere Feinde lieben, dann fügt sich das schon. Aber das setzt logischerweise voraus, dass es welche gibt. Ohne Feinde wäre die Welt nicht vollständig, wo Licht ist, ist auch Schatten, das ist ein Gesetz.«

Lena legte das Besteck auf den Teller zurück und kapitulierte.

58

Halder sah, wie Lena mit ihrer Tochter an der Theke tuschelte. Seinem Instinkt nach ging es um ihn. Er spürte ihre Blicke, auch wenn er es nicht wagte, sich umzuwenden. Kam nun die erwartete Enthüllung?

»Zum Nachtisch gibt es Kardamomcreme mit Nüssen.« Fritzi stellte ihnen zwei Glaskelche hin, in denen ein Löffelchen steckte.

Halder wollte in dem Gespräch nicht mehr nur mitschwimmen, sondern es lenken. Die persönlichen Fragen waren immer noch offen. Er beschloss, damit nach vorne zu gehen. »Was hast du denn für Pläne? Lebst du allein, bist du liiert?«

»Mag dir seltsam vorkommen, aber für mich hat es sich immer richtig angefühlt, mein Leben alleine zu meistern.«

Halder lächelte. »Das hast du uns schon damals eindrucksvoll vor Augen geführt, ob an Reck, Kletterstange oder mit Ball – immer warst du uns Jungs voraus. Hast du dich je in einen von uns verguckt?«

Lena schüttelte den Kopf. »Ihr wart für mich alle kleine Buben, nein, nein! Ich hatte einen zehn Jahre älteren Freund, diesen Altersunterschied fand ich angemessen.«

»Aber heute? Da müsstest du womöglich einen Greis betreuen. Entscheidet man sich da nicht doch lieber für einen Jüngeren?«

»Die Frage habe ich mir so nie gestellt. Entscheidend war immer, ob mir einer sympathisch war oder nicht. Wie ist es denn bei dir gelaufen?«

»Ich habe zehn Jahre mit einer Frau zusammengelebt.«

»Warum habt ihr euch getrennt?«

»Ich hatte immer das Gefühl, dass da noch eine käme, die mir mehr bedeutet.«

»Und trotzdem bist du so lange mit ihr zusammengeblieben? Wenn du das schon immer wusstest, hättest du sie gleich verlassen müssen.« Sie kniff ein Auge zusammen und deutete mit dem Zeigefinger auf ihn. »Du schummelst, Kurt. Sie hat dich verlassen. Stimmt's?«

Halder zuckte die Achseln. »Die Trennung lag in der Luft. Aber du hast recht, sie hat den ersten Schritt gemacht. Wie alt ist Fritzi eigentlich?«

»Muss mal nachrechnen ... 42 Jahre alt.«

»Dann wäre sie 1978 geboren. Erinnerst du dich noch an das Wiedersehenstreffen damals in der Wildschönau?«

»Natürlich, wie könnte ich das vergessen!«

Lena kramte in ihrer Handtasche und schob ihm eine Fotografie zu.

»Hier, ein Andenken für dich! Ist von Hänschen.«

Halder betrachtete das Bild. Sein Herz hüpfte, denn was er sah, schien ihm wie der endgültige Beweis dessen, was er erhofft hatte: Er saß draußen vor der Hütte auf einer Bank, hielt sein Gesicht in die Kamera, die Sonnenbrille nach oben geschoben. Hinter ihm stand Lena und hatte ihm beide Hände auf die Schultern gelegt.

»Das war Februar 1978.« Halders Stimme klang weich. Er nahm einen Schluck Wein. Ohne den Korkgeschmack zuvor war der Viognier ausgezeichnet, so dass er sich wiederholt hatte nachgießen lassen. »Es gibt da ein Rätsel, das mich bis heute beschäftigt.«

»Erzähl!«

»Ich habe in dieser Nacht mit einer Frau geschlafen und weiß nicht, mit welcher.«

Lena lachte. »Du mit einer Frau in dieser Nacht? Aber gewiss nicht, Kurt. Ich erinnere mich genau: Du warst so volltrunken, dass wir dich zu viert nach oben tragen mussten.«

»Aber da war jemand neben mir.«

»Nikolaos hat sich dann bereit erklärt, im selben Schlafraum zu übernachten, weil wir Sorge hatten, dass dir in deinem Zustand etwas passieren könnte.«

»Davon war nie die Rede.«

»Warum wohl? Uns war klar, dass du einen Filmriss haben würdest, und wir haben daher beschlossen, dich nicht mit dieser Peinlichkeit zu quälen und einfach den Mund zu halten.«

Halder schwieg betreten. Sie log. Aber warum?

»Kurt, du stellst da komische Zusammenhänge her. Klipp und klar: Ich war nie in deinem Zimmer, und Fritzis Vater ist Kanadier, okay?«

Halder kippte das Glas mit Vogelbeeren-Schnaps, das man ihm hingestellt hatte.

59

Schließlich war auch dieser Abend verronnen, Halder spürte, dass er das Ende nicht mehr hinausschieben konnte. Das Gespräch war zum Erliegen gekommen, und Lena wartete auf einen passenden Moment, um aufzubrechen. Nur die Vogelbeere schmeckte noch hervorragend. Er spürte große Enttäuschung. Man bekam das Leben einfach nicht zu fassen. Es entzog sich, wie die Gegenstände seiner Ermittlungen. Man orientierte sich an Verdachtsmomenten und Vermutungen, Annahmen tauchten auf und verschwanden, ständig schien alles ganz anders als zuvor. Aber nie kam dahinter eine fassbare Wahrheit zum Vorschein, die Personen trugen Masken, die Umstände waren bloße Kulisse. Man tappte durch einen Irrgarten von Lug und Trug.

»Lass uns gehen, Kurt!«

Halder griff in seine Brusttasche, zerrte, weil sich das Portemonnaie im Futter verfangen hatte, und warf es dann etwas unbeholfen auf den Tisch.

»Ist gut. Du bist eingeladen. Ich bin dir sehr dankbar, dass du den Abstecher auf dich genommen hast.«

Sie brachte ihn nach draußen zum Treppenaufgang. In einer Aufwallung stolperte Halder vorwärts, um seine letzte Chance am Schopf zu packen, und fasste Lena um die Taille.

»Wäre denn ein Leben mit mir so vollständig ausgeschlossen?«

»Kurt!« Sie löste seinen Griff und schob ihn von sich.

Er umarmte sie ein weiteres Mal und versuchte, sie zu küssen. Sie stieß ihn weg. Halder taumelte nach hinten, zurück in die Dunkelheit, aus der er gekommen war. Heimatlos.

60

Dunkelheit und Ruhe herrschten, als der Hausmeister auf seinem Rundgang den Führungstrakt der Behörde betrat. Der Lichtkegel seiner Taschenlampe markierte ein helles Oval auf dem grauen Teppichboden, das er im Rhythmus seiner Schritte schwankend vor sich her schob. Die meisten Türen waren verschlossen, nur manche, wie Besprechungszimmer, Teeküche oder Druckerraum, standen offen. Auch in dem modernen Bau roch es nach Amt, nach Schweiß, Staub, Papier und Feuchtigkeit, ein Dunst, der sich im Lauf der Nacht abzukühlen begann, beheizt nur noch von summenden Rechnern mit blau oder rot blinkenden LEDs, die Daten zogen oder verarbeiteten. Hausmeister Roch trug Turnschuhe und bewegte sich auf leisen Sohlen vorwärts. In den weitläufigen Gebäuden, so hatte er festgestellt, erschrak man vor den eigenen Geräuschen, wie ins Schloss fallenden Türen, dem Hall der eigenen Schritte oder dem Stoß gegen im Weg stehendes Mobiliar. Außerdem begleitete ihn der Gedanke, dass er einem versteckten Beobachter ein Geräuschprofil lieferte, an dem sich ablesen ließ, wie und wohin er sich bewegte.

Als Roch um die Ecke bog, bemerkte er Licht, das aus einem der Zimmer in den Gang fiel. Schon am Teppichbelag, der in diesem Bereich von deutlich höherer Qualität war, ließ sich ablesen, dass man sich in der Nähe des Chefbüros befand. Er hörte die Stimme eines Mannes, verstand jedoch nicht den Inhalt des Gesagten, entnahm aber der Kürze, Tonlage und den Wiederholungen, dass hier einer telefonierte, dabei Informationen mit Worten wie *ja, aha, gut* quittierte und manchmal ein *Aber* einschob. Roch löschte die Taschenlampe und beschleunigte seinen Schritt.

Roch streckte seinen Kopf durch die offene Tür. Zuerst sah er nur Fußsohlen. Anke Born saß zurückgelehnt am Schreibtisch und hatte ihre Füße obenauf gelegt. Ihrer hochhackigen Schuhe hatte sie sich neben dem weißen Übertopf der buschigen Birkenfeige entledigt. Roch erspürte den Geruch von kalter Pizza, die Kartons dazu waren unter den Beistelltisch geschoben. In der Ecke röchelte der Kaffeeautomat. Roch erschrak. Er kannte Anke Born nur adrett in perfekt gebügelten weißen Blusen. So derangiert hatte er sie und ihr Zimmer noch nie gesehen. Sie schien zu dösen, jedenfalls nahm sie keine Notiz von ihm.

»Frau Born!«

Sie schreckte hoch. »Ach Gott, Sie sind es!«

»Alles in Ordnung? Kann ich helfen?«

»Alles gut. Wir haben noch zu arbeiten. Vielen Dank. Und schließen Sie bitte die Tür!«

Roch verschwand auf so leisen Sohlen, wie er gekommen war.

61

Anke Born schaute hinüber in das Chefzimmer. Am Schreibtisch stand Lieberwitz. Krawatte und Sakko hatte er längst abgelegt, sein Hemd war am Rücken vom Dauersitzen gefältelt und hing ihm vorne aus der Hose. Er tat ihr leid. Immer noch telefonierte er, stand gebückt am Schreibtisch und stützte sich mit einer Hand ab. Endlich legte er auf. Er faltete die Hände vor dem Gesicht, als wollte er sich verstecken und in sich hineinhorchen, dann rubbelte er heftig seine Wangen. Langsam kam er zu Anke herüber.

»Geschafft!«

»Beide?«

Lieberwitz nickte. »Genau. Kottke sitzt im Münchner Präsidium in der Ettstraße, Mauruschat in der JVA Stadelheim. Beide sind nun in U-Haft.«

Anke stand auf und umarmte ihn. Er war erschöpft, von den Mühen des Tages gezeichnet, sie hatte nichts mehr von der makellosen Oberfläche einer Chefsekretärin. Dass sie ihn dennoch umfangen hielt, war eine Liebeserklärung.

»Großartig!«

»Die Kollegen haben alles, was sie brauchen: meinen Bericht und das Beweismaterial.«

»Der Chef muss dir wirklich dankbar sein, dass du das alles hingekriegt hast.«

Anke spürte, wie er den Kopf an ihrer Schulter schüttelte. »Wir! Ohne dich hätte ich das nie geschafft!«

Auf eine solche Erwiderung ihrer Liebeserklärung hatte Anke gewartet. »Gehen wir?«

»Wohin?« Lieberwitz klang enttäuscht.

»Du kommst mit zu mir!«

62

Gut gelaunt stand Rohleder vor dem Spiegel und rasierte sich mit dem Klappmesser, das er zuvor am Hängeriemen geschärft hatte. Mit einem Messer zu hantieren, mit dem man sich, wenn es nottat, auch ein Stück Speck oder Hartwurst abschneiden konnte, war die mit Abstand männlichste Rasur. Zudem ließ sich damit der Bart in eine Form bringen, die wie mit dem Lineal gezogen war. Im Hintergrund spielte das Radio Morgenmelodien, und auf der Ablage neben dem Waschbecken waren die Notizen angeklemmt, die das Gerüst seines heutigen Vortrags bildeten, den er sich noch einmal in Erinnerung rief. Er wischte sich das Gesicht trocken und wurde dann bei der Auswahl des Rasierwassers wählerisch. Schließlich entschied er sich für Bay Rum, eine Essenz, die angeblich schon Hemingway benutzt hatte. Er klopfte sich das herbe, nach Gewürznelken riechende Wasser auf die Wangen und schickte dem Alten einen Gruß ins Jenseits hinüber, denn an diesem Tag würde auch er sich auf Großwildjagd begeben.

Nebenan waren bereits das frisch gereinigte und gebügelte Hemd sowie der taubenblaue Anzug zurechtgelegt. Er schlüpfte hinein und betrachtete sich im Spiegel. Dann startete er sein Notebook und das Smartphone, um seine Mails zu überprüfen und die von Anke Born bestellte Fahrkarte herunterzuladen. Es pingte. Halders Sekretärin hatte ihm eine SMS geschickt: *Es gibt neue Entwicklungen im Fall Nordring. Rufen Sie mich an!*

Irritiert wählte Rohleder die Büronummer. Tatsächlich saß Anke Born bereits am Platz. Sie hatte nicht mehr als eine Stunde Schlaf gefunden. Fast ebenso lange dauerte es, bis sie sich in die zurückverwandeln konnte, als die man sie kannte: Halders freundlich-entschiedene, dabei äußerlich makellose Assistentin. Tilo Lieberwitz lag noch im Bett, als sie aufbrach. Er ruhte dahingestreckt, tief atmend, und hielt statt ihrer das Kissen umarmt, als wollte er sie nie mehr loslassen. Aber das war ihm zu gönnen. Später würde auch sie sich wieder dazulegen, um den Schlaf nachzuholen, den sie verpasst hatte.

Zunächst war Dringliches zu erledigen. Ihrem Chef schickte sie einen kurzen Bericht, der im Kern all das positiv bestätigte, was er gestern Lieberwitz aufgetragen hatte. Zudem erkundigte sie sich nochmals bei den Kollegen in der Ettstraße und in Stadelheim, aber offenbar lief alles wie vorhergesehen. Mauruschat war auf dem besten Weg, ein umfassendes Geständnis abzulegen. Kottke schwieg, aber das würde sich nach Lage der Dinge als bedeutungslos erweisen, wenn es einen Belastungszeugen gab.

»Was ist damit gemeint: neue Entwicklungen?«, fragte Rohleder.

Anke Born erstattete ihm kurz und präzise Bericht. Sie spürte, wie sich bei ihm Fassungslosigkeit breitmachte. Er wurde so kraftlos und schlaff wie ein Schlauch, dem man die Luft abgelassen hatte. Wortlos legte er auf. Später folgte dann eine SMS: *Bitte meine Teilnahme in München absagen.*

Anke Born blies in die Kaffeetasse, der zarte, sich verwirbelnde Dampf verflüchtigte sich wie zuvor alle Hindernisse, die sich ihr in den Weg gestellt hatten. Hexenkraft! Sie lächelte.

Rohleder saß immer noch starr in seinem taubenblauen Anzug am Schreibtisch. Wie das alles zugegangen sein konnte, war nicht zu erklären. Es sei denn, man hätte ihm eine Falle gestellt und ihn genasführt. Das aber würde er nie zugeben. Er war krank geworden. Magen-Darm, das war der Klassiker. Kam und ging, wie es ihm beliebte. Ob ihm das einer glaubte, war egal. Er glaubte ihnen auch nichts, sie spielten alle mit gezinkten Karten.

Er würde sich revanchieren. Auch Leutnant Bachofen, der Held seines Romans, war abgeschossen worden, rettete sich jedoch, verliebte sich sogar, und danach wurde alles gut. Nur der Krieg war verloren, aber das ging gewiss nicht zu seinen Lasten, denn da hatten andere das Sagen gehabt.